复活的河流

赵克红 ◎ 著

应急管理出版社
·北 京·

图书在版编目（CIP）数据

复活的河流 / 赵克红著． -- 北京：应急管理出版社，2024

ISBN 978 - 7 - 5237 - 0481 - 3

Ⅰ.①复… Ⅱ.①赵… Ⅲ.①散文集—中国—当代 Ⅳ.①I267

中国国家版本馆 CIP 数据核字（2024）第 051997 号

复活的河流

著　　者	赵克红
责任编辑	郑　义
封面设计	宋双成
出版发行	应急管理出版社（北京市朝阳区芍药居35号　100029）
电　　话	010 - 84657898（总编室）　010 - 84657880（读者服务部）
网　　址	www.cciph.com.cn
印　　刷	北京飞达印刷有限责任公司
经　　销	全国新华书店
开　　本	710mm×1000mm $^1/_{16}$　印张　12　字数　163 千字
版　　次	2024 年 5 月第 1 版　2024 年 5 月第 1 次印刷
社内编号	20230611　　　　　定价　39.80 元

版权所有　违者必究

本书如有缺页、倒页、脱页等质量问题，本社负责调换，电话：010 - 84657880

爱上阅读，学会写作

○凌翔

爱读书，读好书，养成阅读好习惯，这是近年来流行的好趋势。

阅读的好处毋庸置疑，越来越被专家学者及广大青少年读者认可。

大家越来越认识到，阅读将会对读者起到潜移默化的作用，既开阔了读者的眼界，也陶冶了读者的情操，它会不断引导读者提高自己的能力素质，调整自己的心情，缓解生活中的压力，帮助读者在丰富知识的同时增强胆识和气度。所以，引导广大青少年学会阅读，爱上阅读，阅读好书，越来越成为专家学者们的一大重要任务。

散文是一种抒发作者真情实感、写作方式灵活多样的记叙类文学体裁。广义地说，散文是与小说、诗歌、戏剧并列，在小说、诗歌、戏剧以外的所有文学作品的统称。但在当代，散文又专指那些形散而神不散、意境深邃、语言优美的文章，所以，当代散文又有了一个形象的称呼：美文。

散文的门槛不高，可以说，只要会写作文的人，都能够写散文。在我国，每天都会有数不清的散文作品诞生。不过，尽管散文作品的量很大，但真正的好散文、真正能够传世的散文并不多。可以说，我们常见的散文大多是平庸的作品，所以为了能够在海量散文作品中发现优秀的散文作品，人们开展了多种多样的散文评选活动，其中名气较高的有冰心散文奖、三毛散文奖、丰子恺散文奖等。当下最为权威的散文奖项当数冰心散文奖，该奖项由中国散文学会组织，在著名作家冰心女士生前捐赠的稿费基础上设立，每两年评选一次，旨在评选出题材广泛、思想敏锐、能够深刻反映现实生活的优秀散文作品，被誉为中国散文界最为重要和专业的奖项。正因如此，每届冰心散文奖获奖散文作品集都极受欢迎，成为散文写作者的范本，也成为老师推荐学生阅读的精品。为了给广大读者提供更全面、更精美的散文阅读范本，我们从已经举办的九届数百名获奖作家中挑选出几十位最适合中学生阅读的散文家，请他们从自己所有的作品中挑选出文字精美、意境深远的作品，结集推出，希望编写出版一批为中学生所喜闻乐见的好的散文选本。

大家知道，与小说相反，散文是写实的，首先，散文作家在写作时，如同用照相机拍照一样，用他们的笔墨触及身边的人、事和风景。即使是历史散文，作者笔墨描绘的也都是真实的人和物，所以，真实是一篇好散文要满足的首要条件。其次，好的散文在"形"散的基础上，实则上是"神"的聚焦，是思想的聚焦、灵魂的聚焦。正所谓说东话西，全都是为了一个中心。最后，散文注重抒情，注重遣词造句的美与高雅，注重每个篇章、段落之间层次的递进、并列和呼应，所以，散文又是不拘一格的。正因如此，阅读欣赏散文作品时，要能够阅读出新词妙意，阅读出谋篇布局，阅读出作者的所思所想，阅读出作者字里行间散发出来的对生活的热爱和对美好人生的向往，以及对万事万物的兴趣和景仰。

千万别指望别人给你提炼出一二三四的写作方法，即使有人总结出了什么写作诀窍，也千万不要相信。写作从来都没有捷径，要想写出好文章，必须进行深入的阅读，阅读最好的作品，阅读的同时不断分析作品，把作品拆开来思考。只有读出了每篇作品的结构组成，读出了人物刻画的方法，读出了语言运用的技巧，才会把优秀作品的营养吸收下来，从而转化为自己写作的智慧。

写作的门槛确实很低，但写作的台阶却很多、很高，我们每迈上一级台阶，都需要付出很多很多的汗水。让我们一起多读好文章吧，为自己写出好文章积累砖瓦，达到"对事物的观察十分细致，对人物的刻画九分入骨，对心灵的把握八分精准"的标准。

目录

第一辑　故乡行吟

清白之味	002
难忘故乡	006
追求高度的花	009
槐花里的时光	012
遇见蒲公英	015
向阳的花	019
邙岭桐花开	022

第二辑　山水入梦

一条河流的变迁	028
大美孟津黄河湿地	032
复活的河流	035
美哉，老君山	038
挂在白云山上的瀑布	041
西子湖的诱惑	043
一座被文学赋予生命的山	045
诗意荷塘	048
夜游龙门	052

目录

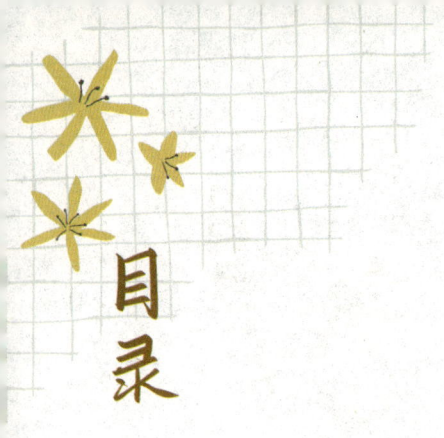

第三辑　春上枝头

瑞雪丰年	056
父亲写春联	060
迎春花开第一枝	063
这里，繁衍诗和爱情	066
一眼，便是永远	070
寻芳撷香	073
遇见白玉兰	077
今夜我在德令哈	080

第四辑　文化时空

穿越时空的经典歌曲	084
馕之味	088
品味罗马	091
水上之城威尼斯	095
露天电影的记忆	099
一座桥的承载	102
一座塔的高度	105
幽雅老城	108
幸福时光	112

仰望星空	117
携一缕书香去旅行	119
用书籍，搭建灵魂的阶梯	123
鹳雀楼，穿越时空的文化地标	128
无用之美是大美	131
我与旅行	135
倾听悲怆	139
品　茗	141
黄河石缘	143

第五辑　诗意邂逅

长忆汉关总是情	146
垓下悲歌	151
最美的遇见	154
诗意的邂逅	157
时光雕刻出的魏家坡	160
二里头，最早的中国	164
回眸汉魏故城	169
洛浦春色	175
赛里木湖	177
虽非过客，花是主人	179
跨越时空的传奇	181

第一辑
故乡行吟

清白之味

立冬已有些时日，天气却格外晴好。我驾驶着车子，向故乡驰去，赶赴一场友情之约。

初冬的大地，是一幅斑斓的油画，绿色的树叶被岁月染成了金黄。不知不觉中，汽车由开阔的大道驶向一条通向故乡的乡间公路，路不宽，我便放慢了车速。

只见正前方停着辆电动小货车，一对年轻人正小心翼翼地往车上装着大白菜，这让我颇感好奇。按理，地里的白菜早已收入家里储藏，哪里还有这么多的白菜啊？

我将车停在路边，走近前去察看。周围都是白地，只有眼前这块地里还有一些待收的白菜。

我端详许久，地里的两个年轻人我并不认识，却又感觉不那么陌生，便主动上前搭讪。原来，小伙儿是我同学赵军的儿子，在广东打工，刚回来，而女孩儿是他的新婚妻子。她说，今年的大白菜收成不错，却因丈夫一直在外，婆婆又因病住院，拖到了现在才来地里收菜。

原来如此。望着车上的一棵棵大白菜，我记忆的闸门瞬间开启。

我们这一代人，对于大白菜有种特殊的感情。小时候，大白菜是冬天里主要的蔬菜。

秋天，便是大白菜丰收的季节。菜畦上，一棵挨着一棵的大白菜，看着就让人喜悦。它们丰美的身姿，上青下白，青如玉，白如瓷，是那么讨喜。

爷爷是种菜的好手，记得小时候，我常随爷爷下地。

大白菜的幼苗，只有三四片叶子，看样子非常柔弱，栽种时必须十分用心。培土要均匀，土粒要细，土还不能压住嫩叶；浇水要缓慢，水流要小，

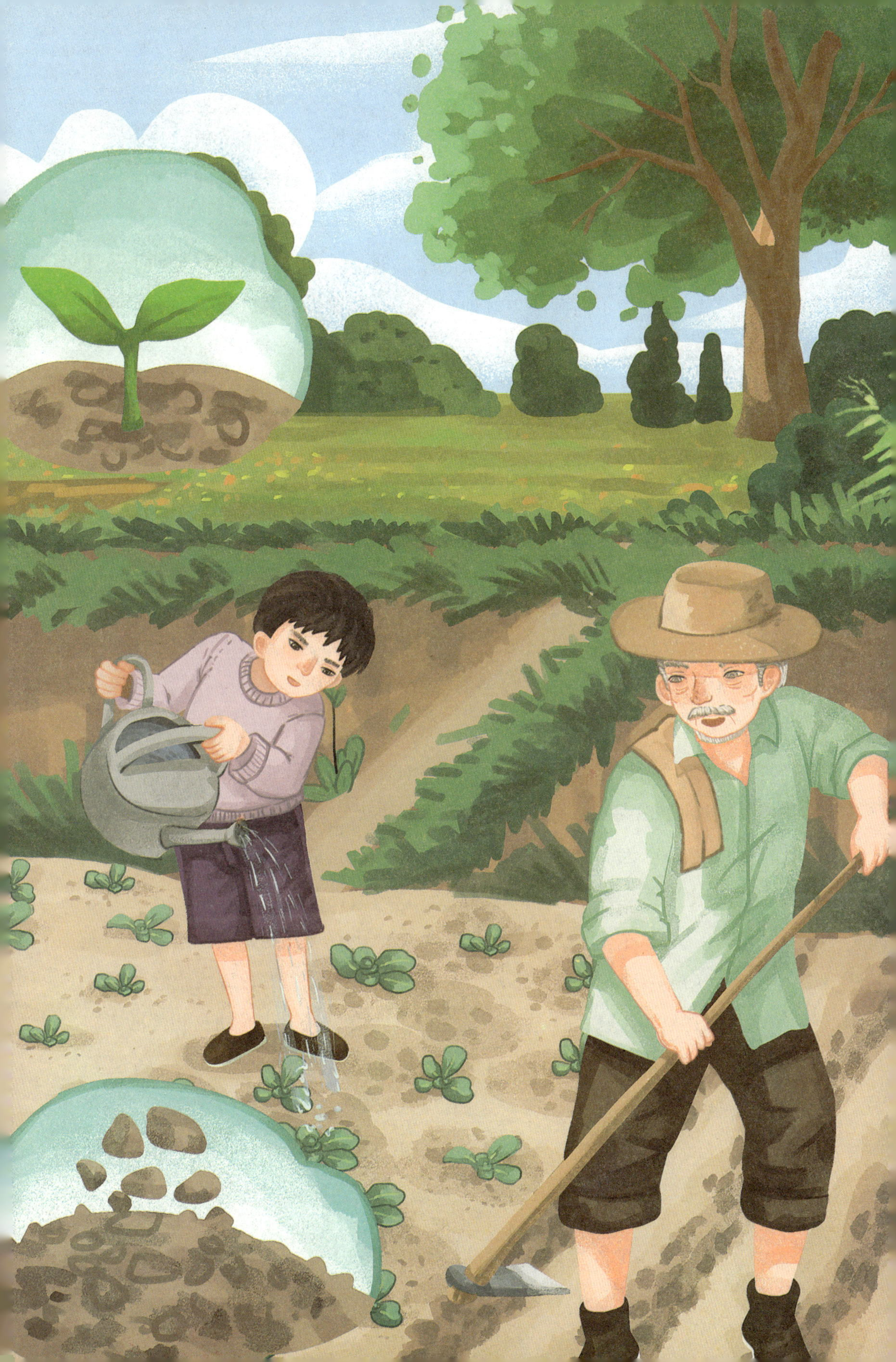

如果水速过大过猛，会把新栽的菜苗冲倒、淹埋。新栽的菜苗，要避免阳光暴晒，还要不时浇水、捉虫、喷洒农药……在爷爷的精心呵护下，白菜苗一天天长大。

过了霜降，爷爷会给每棵白菜的腰上捆上绳子。这样做一是为了防止白菜冻伤，二是为了白菜能更好地包心。一棵棵大白菜，像一个个丰腴的贵妇人，它们绿色的菜帮一层一层，紧紧裹着菜心，是即将成熟的模样。我常想，如果把大白菜的叶子铺展开来，它们何尝不是一株株葱郁的树木呢？

大白菜丰收的季节，田间地头，运菜的车辆络绎不绝。小区门口，大白菜堆砌如小山。

记得小时候，生产队除了将大白菜运往城里之外，还会将它们集中到开阔的地方，由会计拿出花名册按人口分配给村民。这些大白菜，有的人整整齐齐码放在屋里，再用塑料布覆盖好，以免冻坏；有的人将其藏入地窖内；还有的人更有心，将白菜的根部埋入松动的土内，再用草垫覆盖。这些举措，是为了在青黄不接的冬天和过年时能有蔬菜食用。

白菜原产于中国，据有关资料记载，考古学家在半坡遗址出土的一个陶罐里发现了白菜籽，已有6000多年的历史，比其他原产自中国的粮食作物还要久远。对寻常百姓来说，大白菜是最普通、最常见的菜了。曾在一篇资料上看到：南朝的周颙对齐太子说，有两种蔬菜食之最美，一为春初早韭，二为秋末晚菘。春韭，想来大家应该都很熟悉，就是现在的"韭菜"。而晚菘许多人不知为何物，这当然也包括我在内。继续查阅资料才知晓，原来所谓晚菘，就是初冬的大白菜。没想到与我们朝夕相伴的大白菜，居然还有这样一个儒雅的名字。宋代陆佃在《埤雅》中这样写道："菘性凌冬晚凋，四时常见，有松之操，故曰菘。""菘"，今俗称白菜，其色青白，民间有"百菜之王"的美誉。细想，大白菜与松树还真有几分相似之处，因此智慧的古人就在"松"字上增加了草字头为其命名。

母亲每年冬天都会储存许多大白菜。二十世纪七十年代末，我们举家迁往城里后,她仍不改初衷,到了秋冬季节,每次到市场买菜,都会多买几棵置于阳台上。菜市场卖白菜的摊位较多,她总是挑选品相好、个头大、摁着结实的买,这样的大白菜心包得紧,好吃,储存的时间会相对久些。做饭时,母亲会到阳台上抱起一棵大白菜来到厨房,有时,由于大白菜在阳台上放得过久,外层又干又皱,母亲便将外层薄薄的干叶剥去,让大白菜露出如雪般的叶子。母亲总是变着花样给我们做菜吃,把我们的生活调剂得有滋有味。

如今,人们的生活富裕了,但大白菜仍是人们饭桌上最常见到的蔬菜之一。白菜,既可以用来包饺子、包包子,也可以用来炖排骨、炖粉条;既可以用来做汤,如白菜豆腐汤、清水煮白菜等,也可以凉拌白菜心,清凉可口。

白菜微寒,有养胃生津、除烦、解渴、清热解毒等功能,是补充营养、净化血液、促进新陈代谢的蔬菜。民间有"鱼生火,肉生痰,萝卜白菜保平安"的佳话。吃腻了鸡鸭鱼肉的人们,不妨品味下大白菜的清淡,这对身体无疑是大有裨益的。

每每看到白菜,我便会想到"清白"二字,每每食之,又觉清气盈心。

难忘故乡

故乡说起来很抽象，其实它是一个个具体的生活细节，一个能够让人想起来就觉得温暖的地方。在中国文人的脑海里，故乡不但被指向地理上的故乡，还指向心灵的终极归宿。所谓"晨钟暮鼓闲看云，心若安处即故乡"也即此意。然而许多人如今却只能怅望故乡，许多游子怅叹："此时的故乡，已非彼时的故乡。抑或回去亦不是想象中儿时的模样。"事实上，只有背井离乡的人，才更容易想起故乡，对故乡的体会和感悟也会更加深刻。而如今，飞速发展的经济，把故乡变得"支离破碎"。心理学理论认为，归属的需要，是人最基本的心理需要之一。我是哪里人？我的家在哪儿？我的身份是什么？人们问及这些，正是出于归属感的需要。因此，不论身在何处，人们依然需要在心底保持与故乡的一种紧密的联结，肉体生活在城市，灵魂却游荡在故乡，这个故乡不是现在的乡村，而是深藏在我们童年和少年回忆里的模样，它的位置离心灵的指向似乎更近些。

没有经历过迁居的人，或者迁居太频繁的人，其实是无所谓故乡的。就如活在当下的都市人，在水泥森林中东躲西藏，故乡就在一次次迁徙中变得奢侈而又遥远，依稀梦境中，醒来无处寻。

一提到我的故乡，我首先想到的是故乡村西头的一片桑树林。小时候我们经常到那里玩耍，桑葚往往在我们不经意的时候就成熟了。桑树枝条柔韧性极好，有的小伙伴索性爬到树杈上采摘桑葚，大家一边吃，一边开心地玩。由于吃进嘴里的桑葚太多，牙齿和嘴唇都被桑葚染成了黑紫色。小伙伴们你看着我，我指着你，开心得又蹦又跳。村中还有两眼清澈的水井，井是我们村里共同的水源，乡亲们做饭、洗衣都用井水。每天打水的人络绎不绝，大家站在井旁一边打水一边谈天说地，分享生活的快乐。而村南边有条四季不涸的大渠，是夏季里男人们洗澡、游泳的最好去处。如今的村庄，再也不是一个生态完整、充满活力的村庄了。童年里值得回忆的地方早已不复存在，再也不能还原儿时的模样。

记得有一次大家兴致勃勃地在一起闲聊，其中一个朋友感慨："我连回乡的路都找不着了。"大家都笑他回家太少，而他却连忙申辩："我是经常回家的，这次到外地学习了一个月，回家找不到路，是因为区里大拆迁的缘故。"大家听后若有所思。其实，这不是物质的迷失，而是精神的迷失。回家的路总归是找得到的，无非是费些周折而已，但是人生道路上是不容许出现周折的，如果心迷失了方向，我们的人生可就悲哀了。

我还没有到过印度，但在书中或是新闻里，常见到印度人坐在一路前行的火车顶上，依然十分快乐的样子。朋友从印度回来后津津乐道，印度的老百姓，不管生活在何种状态下，心态都是平和的。因为有一根"圣"线在牵着他们。当然，这根"圣"线未必就是灵丹妙药，可以包治百病，但它至少告诉我们，有信仰而形成的一种自觉是一件好事。我们为什么会迷失精神的家园呢？一个重要原因就是对物质的过分贪婪。事实上，把天下看轻，精神就不会沉重；把万物看小，内心就不会惑乱。

记得在外地求学时，每当月圆之夜就常常不自觉地想起故乡的月。"露从今夜白，月是故乡明。"那时我常常会想起故乡门前的大石磨，想起邻居家院中疯长的夹竹桃——仿佛每一朵花的诉说，都倔强地指向心灵。想起村边晒场旁那几棵高大的柿子树，它不仅在我孩提时代给了我昂扬挺拔的斗志，也见证了这个村庄的历史，成为游子望乡之时的归宿。如今耕地被占用了，那几棵老树在征地时被砍伐了。没有了树，土地就会失去灵魂。我虽然表面上在城市里过得意气风发，却在不知不觉中失去了灵魂的家园。这是任何时候想起来都十分遗憾的事情。

每年过节我都要回家乡看看，但每次回去的时间都很匆忙，好像例行公事一样。这个原本熟悉的地方如今已越来越陌生，陌生得让我不再认识，陌生得让我错把故乡当异乡了。往日的情景不可重现，回到了故乡，感觉却总是恍如隔世的模样。

田野变成了楼房,乡间小路变成了高速公路,传统的村落变成了统一规划的"新农村"。原来得以维系这个小社会的人伦体系、共同活动的情感消失殆尽。回乡,已找不到回乡的共鸣。家乡,因此成了一个符号,成了一种形式。即使是这样,我们这一代人至少还保留着对家乡故土的记忆,那么我们的后代呢?他们关于自己的童年,自己的故乡,将留下怎样的记忆?

我从鲁迅当年写故乡的文字中,也找到了相似的句子:"渐近故乡时,天气又阴晦了,冷风吹进船舱中,呜呜的响,从篷隙向外一望,苍黄的天底下,远近横着几个萧索的荒村,没有一些活气。我的心禁不住悲凉起来了。阿!这不是我二十年来时时记得的故乡?我所记得的故乡全不如此。"但鲁迅先生故乡的变化,比起现在的变化速度不可同日而语。有位学者说:"我们漠视历史的价值,总以为楼宇越新越好,但你到法国市中心看看,几乎没有什么新建筑,他们以历史的沉淀为自豪。"

没有了故乡,我们的精神世界将会危机四伏,因此应该科学合理地保护好原生态,合理地开发,让故乡真正成为我们精神的永久居所,成为我们乐于生活的生机蓬勃之地。

愿故乡的青山和绿水,永远映衬在我们鲜活的记忆里!

追求高度的花

晨起散步，在步道旁绿化带的冬青树上面，有几朵牵牛花正悄然盛开着。初升的太阳，照在牵牛花的身上显得格外鲜艳，它带给我的视觉冲击力，超过了街道上任何奇异的花卉。我急忙走过去仔细观赏，一种久违的亲切感涌上心头。我的眼前，浮现出童年快乐的时光。

洛河南岸的安乐镇赵村是我成长的摇篮，村子四周是一望无际的田野，那金色的麦浪、红色的高粱、绿色的玉米秆上吐着红缨的玉米穗，丰富了我儿时的想象。不同种类的庄稼随着季节的变幻轮番登场，田野像一幅静美与动感交织的油画，铺展在一望无垠的大地上。

在家乡的小溪边、田埂上、草垛旁，常能看到牵牛花的身影。那一朵朵、一片片，或红或紫或粉或白的牵牛花，像一只只高扬着的小喇叭，为田野增添了亮丽的色彩。它时而迎风摇曳，演绎着一曲无声的和弦；时而静静伫立，像是在思索着什么；时而又用最灿烂的微笑，表达着对农民们丰收的喜悦。

当春天来临，许许多多的花儿按捺不住内心的激动和狂热，急切地表达对春天的热爱，千方百计地展示着自己的美艳，而牵牛花却不去追赶那个时尚，它觉得春天太过喧闹。因此，它选择在夏、秋季节里一展笑颜。牵牛花体态轻盈，鲜艳夺目，因花冠呈喇叭形，家乡的人们又称它为喇叭花。

暑假期间，我常与小伙伴们去田野玩耍，那时，人们的物质生活还很贫乏，能见到的花儿实在很少，田野里，那粉红色、宝石蓝色、紫红色还有淡红色的牵牛花，不仅装点了大地，还让乡亲们欣赏到了美。人们到田地里耕作，一朵朵娇艳的花儿，常常会映入眼帘。记得暑期的一个上午，我与几个小伙伴来到村西边的麦垛旁玩游戏，在这里，农民们为了颗粒归仓，曾经不分昼夜地忙碌过。现如今，庄稼早已颗粒归仓，农民们也安享着丰收后的清闲。这里没有了喧嚣与忙碌，显得分外静谧。在小山一样高的秸垛边，我猛然发现了一大片盛开的牵牛花，它惊艳了我的眼眸，让我忍不住喊出声来。小伙伴们闻讯一下围拢过来，纷纷发出由衷的赞美。牵牛花谦卑低调，它开在无人知晓的寂静的旷野，美艳而又朴素，仿佛特意为我们而盛开！牵牛花简单而不奢华，美丽而不张扬，含着一丝丝娇羞，散发着淡淡的幽香，在这人迹罕至的秸垛旁，它尽情绽放，让我从心中对它生发出一种敬意。

同样让人难忘的，还有盛开在生产队菜园篱笆上的牵牛花。起初，牵牛花盛开的并不多，像是一种点缀，随着夏、秋季的到来，牵牛花在篱笆上越开越繁盛。它纤纤的细藤肆无忌惮地生长着，几乎爬满了整个篱笆，这里成了牵牛花展示美的一个平台。原本毫无生机的篱笆，被牵牛花装点得五颜六色、绚丽缤纷，宛若花的海洋。牵牛花充满生命的气息，它"朝开夜合"，和农民们"日出而作，日落而息"的作息十分吻合。每当乡亲们出工时路过这里，都会忍不住打量几眼，说上几句夸赞的话。这一朵朵盛开的牵牛花，引得蜜蜂、蝴蝶翩翩起舞。那盛开的花，充满生机与活力，给人留下深刻的印象。

牵牛花有着极强的生命力，它对生长的环境从不挑剔，或匍匐于杂草丛生的地面，或攀援依附于灌木之上，那细细的茎蔓，时而弯曲、时而高高地伸向空中，不断寻找着新的希冀。它不因自己的孱弱而卑微，也不因渺小而自惭形秽，更不因生长在荒郊野外而感觉低人一等。不论在何处，只要有可供攀援的路径，它就会努力向上，把遮挡自己的杂草、枯藤、树枝抛到身后。为了打量这个世界，也为了沐浴第一缕阳光、呼吸到更加新鲜的空气，它的藤蔓不断地往上伸展，它向着蓝天和白云微笑，用对大地炙热的爱，报答大自然的馈赠。

牵牛花是一种有追求有梦想的花，它深谙"一日之计在于晨"的古训，当许多人还在贪恋美梦时，它却用晨露擦亮惺忪的眼睛，迎着第一缕阳光，笑盈盈地给早起耕种的人们送去惊喜。而当夜幕降临，盛开的牵牛花才会伴随着最后一抹晚霞歇息。经过一夜休憩，它啜饮甘醇的晨露，以新的姿态重新迎着霞光，绽放迷人的芳华，向勤劳的人们表达着深深的敬意。牵牛花乐观、热情、奔放，它不媚俗，也不世故，更不甘平庸。它在属于自己的时光里，展示着最美的自己，呈现给季节别样的精彩，不达到一定的高度，它便拒绝绽放。

槐花里的时光

"院后门前次第开,群芳谢尽独登台。能穿玉串妆村舍,可采鲜花作食材。"争奇斗艳的玉兰花、梨花、桃花、樱花纷纷谢幕后,槐花一身素雅,趁着最后的春光悄悄绽放枝头。

五一假期,我驱车来到孟津区小浪底镇崔岭村。这里槐树成林,一树树雪白的槐花,如起伏的浪花,吸引了不少前来观赏和采摘的游客。

汽车停在山脚下。四周众多的植物,斑斓的色彩,在山峦间层层叠叠铺展,恰似一幅泼彩的油画。洁白的槐花这一丛那一片,令人目不暇接。一树树的槐花,错落有致地在邙山上铺展,淡然而低调。风儿送来缕缕槐香,寻香望去,不远处有两棵巨大的槐树正向我们招手示意。那槐树擎起雪白的伞盖,遮天蔽日。我抚摸着这棵槐树,它瘦骨嶙峋的骨干、粗糙而龟裂的树皮,给人一种历史的沧桑感。槐树的一侧,有一间低矮的小帐篷,近前,但见铁将军把门。当地朋友告诉我,养蜂人闲不住,早与蜜蜂一起采蜜去了。大家纷纷夸赞采蜜人的勤劳,谈笑声伴着鸟语花香在山谷间荡漾。

沿着弯曲的山路行走百余米,忽见一片槐树林,枝头槐花开得正艳。依着向阳的山坡,错落有致地摆放着几十个蜂箱,蜜蜂进进出出,一派繁忙。养蜂人看上去四十多岁,脸庞被阳光镀上了黑金色,见到我们,他赶忙放下手中的活计,脸上的笑像槐花一样灿烂。他为我们每人递上一杯新鲜蜂蜜泡的水。一端起杯子,我就闻到了槐花的香味,啜饮一小口,那甘醇的香甜,在口腔内久久回味。养蜂人说,有花的地方,就会有蜜蜂来采蜜,飞来飞去的蜜蜂就像运输的车辆,从蜂箱飞出去时蜜囊是空的,等回来时囊中便装满了沉甸甸的蜂蜜。要把蜂箱放在花多的地方,便于蜜蜂"运输"。

养蜂人是要追花的,哪里的花开得多、开得好,他们就会出现在哪里。

养蜂人用勤劳，为人们酿造出了甜蜜的生活。

邙山槐花资源充足，具有天然的酿蜜优势，酿出的蜂蜜，渗透着自然的香醇，颇受人们喜爱。与养蜂人攀谈时，恰逢几位从镇里前来购买蜂蜜的人，他们是这里的常客。从养蜂人忙碌的身影中，我体会到了一种充实和快乐。站在槐花树下，朋友递给我一串刚摘下来的槐花。这槐花洁白鲜嫩，我放在鼻前细嗅，丝丝缕缕的槐香沁人心脾，我被这幽香淡雅的气息所陶醉，多么熟悉而又亲切的味道啊！我的思绪被花香牵引着，仿佛回到了故乡，回到了门前的大槐树下，回到了浸满槐香的幸福时光。

二十世纪六十年代末，我在洛阳市郊的一个乡村小学读书。那时，除了萝卜、白菜、茄子、西红柿、南瓜，其他的蔬菜是很难品尝到的。母亲总是想方设法用有限的资源，为我们调制出惊喜，给朴素的生活增添滋味。

每年五月，槐花盛开。槐花从吐蕊到盛放期，也就短短半个月时间。槐花是一种时令美味，花期较短，不宜存放，摘下来的槐花，要尽快吃掉。如果放置久了，则会失去新鲜的口感。因此，采摘槐花要把握好最佳时机。在槐花最鲜嫩的时刻，母亲一声召唤，我们便跟着她来到槐树下。母亲拿着一根早已备好的带铁钩的长棍，并将一张大凉席铺在树下。一切准备就绪，母亲便让我上树去够槐花。小时候，我十分淘气，喜欢爬高上低，母亲每次都会把上树够槐花的任务交给我。我迅速爬上树，将身子稳稳地靠在粗大的树干上，母亲将顶端带有铁钩的长棍递给我，叮嘱我别爬得太高。我一边应着，一边从身边的槐花下手。我身手利落，专挑将开未开的槐花，用铁钩钩住后，握紧棍子，再缓慢转动，一束束鲜嫩的槐花便从高高的枝头纷纷落到铺在树下的席子上。不一会儿，席子上便堆起了一座座"雪山"。母亲见状，会很理性地叫停。她说："够吃了，别再够了，快下来吧！"听到母亲的招呼，我只得停下手，利索地从树上滑落地面。然后与母亲一起将槐花放进竹篮里。当遇到熟人从树下经过，母亲总会热情地挑几枝鲜嫩的槐花，送给人们品尝。

槐花有多种吃法，母亲最擅长的有两种，一种是蒸槐花，另一种是做槐花水煎包。蒸槐花相对简单,将新摘下的槐花洗干净,依次放入盐、酱油、花椒粉等调料,然后加上面粉,将槐花与面粉搅拌均匀后,放进蒸笼。蒸笼里的水沸腾着,一缕缕槐香在厨房里弥漫,约莫十分钟,槐花便蒸好了。母亲拿出一头大蒜,用刀拍扁,剥去蒜皮,放在蒜臼里捣成蒜泥,再放入酱油、香油,搅均匀后倒入碟子,槐花蒸好了蘸着吃,那叫一个可口。

槐花水煎包做起来相对复杂,而且要耗费不少油,母亲是不愿张罗着做的。我也仅仅吃到几次,记得我小学将毕业的那年暮春,一天上午,三舅骑着新买来的自行车来到我家。母亲见到三哥很高兴,便挽起袖子将刚摘下来的槐花择好、淘洗干净,再放入开水锅里烫煮一小会儿,然后挤出多余的水分,再将槐花和剁好的肉馅儿一同放入盆里,加花椒粉、盐、酱油等拌匀,包好的包子放入油煎锅里盖好锅盖,待到香气从锅盖的缝隙里滋滋冒出后,估摸着时间差不多了,母亲不慌不忙地掀开锅盖。厨房里顿时雾气蒸腾,香气扑鼻。母亲将金黄焦脆的水煎包端到桌上,我们围坐在小桌边。母亲趁热先给三舅夹了一个焦黄的水煎包,三舅轻咬了一口,连说好吃!我急不可耐,夹起一个水煎包,咬了一口,顿觉鲜美无比,满口生香。

往事如烟,流水般奔腾向前的时光,带走了许多东西,但刻在心头的记忆却没有淡去。而今,人们的生活越来越好,槐花不再是人们果腹的吃食,而是成了餐桌上一道别致的美味,美味中带着淡淡的乡愁。

遇见蒲公英

第一辑 故乡行吟

时光在年复一年中轮回，季节在花谢花开中往复。这是春分后的一个周末，早饭后，我与几个朋友到嵩县石场村石头部落去踏青。汽车从洛阳出发一路向南，大约两个小时便到达了目的地。这个古村落，始建于明洪武年间，相传柴氏兄弟二人为躲避战乱，举家由山西洪洞县迁徙至此，不断繁衍生息，渐成村落，因此地出产青石，故名石场村。该村景观独特，民风淳朴，加上颇具特色的自然风光，使慕名而来的游客越来越多，成为当地旅游的一张名片。

石场村位于高山草甸之上，与汝阳、伊川交界，属嵩县九店乡管辖。村子依山而建，村子里的路，全由青石铺就。街道两边的房舍错落有致，墙基及墙体多为石头。我们在街道上行走，不知不觉间，天上落下丝丝细雨，细雨湿衣看不见，吹面不寒杨柳风。身边几位朋友纷纷撑起了雨伞，我手里拿着折叠伞，却一直没有打开，我喜爱在春雨里行走，喜欢春雨打在脸上那种凉飕飕的感觉。

经过一个冬天的蛰居，人们对绿色有一种迫切的期待。山坡上的绿色依稀可见，而最令人惊艳的还是站立在路边的几棵柳树。长长的柳丝在风中轻轻摆动，枝条光滑柔软地垂落下来，随风轻轻飘荡，别有一番景致。看着这样的景致，我想到几句描写柳树的古诗："柳条百尺拂银塘，且莫深青只浅黄""袅袅城边柳，青青陌上桑""不知细叶谁裁出，二月春风似剪刀"。初春的柳树如着了颜色一般，在春风的吹拂下，柳芽慢慢舒展，浅绿的枝条上点缀的是嫩绿的新叶，几只斜飞的燕子，在垂柳间嬉戏，画卷般为我们展现出一幅春天的景象。不远处，几朵白云挂在天上，仿佛伸手就能摘到。一场春雨把空气过滤得更加干净了，我大口呼吸，这凉爽的空气真是润肺养心。

　　石屏画廊位于石场村北部的山坡上，我们沿着蜿蜒崎岖的小路前行。当行至一块相对平坦的坡地，一大片金灿灿的蒲公英展现在大家面前。同行的几位女士高兴得喊叫起来，这对她们来说，就像哥伦布发现了新大陆一般惊喜。她们被蒲公英牢牢吸引，哪儿也不愿去了。其中两位女士显然是有备而来，她们拿出小铲子和手提袋，蹲在蒲公英前，采挖的动作十分娴熟。她们一边赞叹这里的蒲公英绿色环保，一边埋头采挖。周围许多花草还在沉睡，还看不到春天的迹象，而蒲公英却在荒原静悄悄地吐绿、绽放了。在这里，有的蒲公英紧缩成一个蓓蕾，含苞待放，而更多的则开出了金黄色的小花，这一朵一朵的花儿，像山村孩子们灿烂的微笑。这花被一根绿绿的细细的茎高举着，随风轻轻摇曳，而那嫩绿的锯齿形的叶片，紧紧环绕在花的四周，将花高高地托举起。经过一场春雨的浸润，不论是叶还是花，都显得更加清新和亮丽了。蒲公英是一种极为普通的菊科草本植物，它拥抱泥土的能力是与生俱来的。不论荒滩与沟壑，只要有一点雨露、一丝阳光，它就会发芽、成长。它羞涩中带着质朴，轻盈中透着灵气，它生命的基因里，早就植入了对泥土坚定的信仰。

　　有很多的事情是出乎意料的，我真没想到会在这卵石密布的偏僻的山洼里，能见到这么多开得灿烂的蒲公英，这也许就是一种缘分吧！我走到蒲公英跟前仔细打量着它，空气中散发着泥土的芳香和蒲公英特有的清新。往事悠悠，浮现在眼前，我想起了儿时的故乡，以及我对蒲公英最初的记忆。许多人和事因为时过境迁，已经淡忘了，但关于蒲公英的记忆，却恍若昨天。在我年少时，人们的生活普遍拮据，一日三餐大都粗茶淡饭，基本与鸡鸭鱼肉无缘。随着春天的到来，地里便会长出许多蒲公英、荠荠菜、水芹菜等野菜，乡亲们把这些视为稀罕物，在鲜嫩的时候常常采摘一些回家当菜吃。

　　记得那是一个周末，我们刚刚吃过早饭，母亲问我："老师布置的作业做完没？"我点点头。母亲说："那咱去地里采摘蒲公英吧！"我高兴地连连说"好,好"。往年在家里我曾品尝过母亲做的凉拌蒲公英,但去地里采摘蒲公英,对我来说还是第一次。母亲将早已准备好了的铲子放进竹篮里,然后牵着我的小手,向村西边的地里走去。走在窄窄的田埂上,母亲的眼睛不停地四下搜寻着,我知道,她是在寻找蒲公英,我也随母亲的目光在寻找,终于,在一片相对开阔的荒地上,母亲看到一大片金灿灿的小花在风中摇曳。这些小黄花被绿叶簇拥着,我看到母亲脸上露出了喜悦,她高兴地说:"这片蒲公英开得真好看啊!"说着,她弯下腰,用小铲子对准一棵蒲公英的底部轻轻一铲,然后,将蒲公英轻轻拎起来,抖掉松软的泥土和杂草,再放入篮中。不多时,竹篮里已装满了蒲公英。那天阳光很好,暖暖地照在我们的身上,母亲用指尖将一朵蒲公英摘下来,然后仔细打量着,这棵蒲公英原本金灿灿的花,已变成白绒绒的一团花絮,花絮内是蒲公英细小的种子,在阳光下一闪一闪的。母亲摘下一朵蒲公英,微微仰起头,把花贴近她的嘴唇边,憋足气力猛地一吹,花絮中的细小种粒,纷纷离开了枝头,有的张开翅膀,轻盈地飞向空中,随风飘到了天涯,还有的义无反顾地扑向了草丛间、泥土中。看着天空中的蒲公英,母亲自言自语道:"蒲公英,随风扬,飘到哪里,哪里就是它们的家。"

这些身姿轻盈的蒲公英,风是它们的信使,它们带着希冀和梦想,飞到哪里,哪里就有了新的生命。别看它们身姿轻盈,它们拥抱大地扎根泥土的足迹却坚实而沉稳。母亲看着地上的小黄花继续说道:"这些花也许不久就会被风带到陌生的地方去生根发芽,繁衍新的生命。你也一样,等你长大了,也会像你的父亲、哥哥那样离开家乡,远走高飞的。"母亲说话的声音不大,却在我童年的心中,产生了巨大的震动,令我刻骨般难忘。那时,我的父亲在大西北铁路设计院工作,每年到了春节才能探亲回家个把月,每年回家的天数屈指可数,以致我从小对父亲有种陌生的感觉。哥哥初中毕业那年,刚好遇到铁路内部招工去了新疆,按说,那时能在铁路上找个工作是很不容易的,妈妈应该高兴才对,可妈妈说这话时,流露出更多的是对他们的思念之情。当时,我还在上小学,从没有想过要离开家乡、离开母亲。当然，打那以后，我便牢牢记住了蒲公英这个名字。

回到家里，母亲挽起袖子便开始忙碌起来。她利索地将刚刚采摘回来的蒲公英洗净，再用盆子接上清水，将焯后的蒲公英放入水中。此刻，蒲公英的叶片变得更绿了，冷水浸过后，母亲用手将盆里的蒲公英攥干，然后放上盐、醋、蒜泥和香油等，用筷子搅拌好，一道风味独特的凉拌小菜便呈现在我眼前。母亲用筷子将蒲公英送入我的口中，我品尝后感觉略带些苦味，但味道还是很鲜的。那顿饭，我终生难忘。

在那个艰苦的岁月里，蒲公英曾是一道家家都曾吃过的菜，如今，在人们注重健康养生的当下，它同样受到青睐。蒲公英全身都是宝，它的叶子、花朵、根，都是天然的中药，有清热解毒、消肿散结的功效。蒲公英还含有蛋白质、脂肪、碳水化合物、微量元素及维生素等，有丰富的营养，是药食兼用的植物，具有降压、消炎、清热等功效，颇受人们欢迎。

往事悠悠，每次看到蒲公英，我就会不经意间想起我的母亲，想起与母亲一起挖蒲公英的往事。

向阳的花

葵花，也叫向日葵、向阳花，是我童年时最喜爱的花。

直到现在，当我每每看到乡间的向日葵，心底便徐徐升起一种深深的感动。斜阳的余晖辉煌灿烂，覆盖着那浩大有序，如同穿戴了黄金盔甲的阵容，那昂首的金黄，威严的绿叶，一行行一排排，如列队的士兵伫立乡间，又像统一着装的女子，同样的心事、同样的姿态、同样的队形，如梦似幻般成为乡间一道最醒目的景象、最亮丽的风景。

秋天到了，葵花籽盘开始上市，一个个圆月般成熟了的向日葵，被摆放在农家的车上，远远看去像隆起的小山包儿。此情此景，让我忍不住追溯我的童年。那时，葵花熟了的时候，乡下人只要装上几个放入竹篮里，随便往胳膊上一挎，或是将竹篮夹在一辆破烂的自行车后，往城市的街边一站，就能换到城里人的几个钱。那年代，城里人对葵花籽很稀罕，围上来一问价，便能达成交易，倘若孩子们见到，连眼睛都好像"饿了"，立马就要抠出几颗来喂饱"馋虫"。若是大人真的为孩子们买了一个"盘子"，那孩子就有些"范儿"了，一边捧着走路，一边嗑着瓜子，后面肯定是要尾随几个并不十分讨厌的"跟屁虫"。你尽可以很豪爽地"赏赐"他们几颗，然后再发布几项号令，别提多神气了！

小时候，我家的后院闲置着一片空地，每年清明前后，大人们开始播种的时候，我就会和小伙伴们不约而同地在这片空地上深深浅浅地刨几下，再煞有介事地播下一些向日葵的种子。当然，我们在做这些的时候十分随意，绝非是大人们的授意，纯粹是因为我们的一种乐趣，顺便也为了满足对零食的小小期待，何乐而不为呢？再加上向日葵"向太阳、向光明"，金色的花朵更是表达了对伟人无比的礼赞和敬仰，不用担心谁会把它们当作"毒草"给铲除掉。

　　为了防止小鸡们踩踏向日葵的嫩芽，我们用树枝将种植向日葵的那一小片土地围拢起来。那些向日葵先是一棵棵露出绿芽，接着一棵棵全拱出了土层，当看到一朵朵金黄的开花的向日葵，我们心里甭提有多高兴了。它的花盘金灿灿的真好看，常常引来蜜蜂围观，它不用我们这些贪玩的孩子太多地照顾。偶尔，当看到它的叶子蔫了的时候，我们就知道它渴了，在傍晚或是早上给它浇灌一下，它也就满足了。向日葵的生命力是极顽强的，种子一旦埋进了泥土里，过不了多久，它们便会"苏醒"，接着便会生根、发芽。每一天我们似乎都能看到向日葵在长高，远比我们的个头长得要快。如果隔几天不去瞧上它们一眼的话，原本还没有我们个头高的葵花，已高过我们许多，那宽大的叶子在风中曼舞时，定会给关注它的人带来一点小小的惊诧。日子就这么一天天从田间地头溜走，又在不经意之间，突然看到它绽放美丽的笑脸，迎着热烈的太阳而无比灿烂，俨然化身为一群英姿秀丽的少女，一个个亭亭玉立、婀娜多姿地昭示着自己的吸引力。那美丽的向日葵幸福地面向阳光，灿烂着我们心中日益升高的梦想……

　　向日葵，那金黄的花瓣、圆圆的花盘，洋溢着映满脸颊的容光。金黄，金黄，还是金黄，那是一种冲击视觉的幸福的染料，把整个世界染得那么愉悦饱满！

　　向日葵花朵盛放灼灼，开得大方，开得热烈，它顽强而执着地始终面向阳光，像执着的人，把一切价值和存在孕育在不懈的追求之中。收获了向日葵，就仿佛收获到一个金灿灿的梦想，并在那个梦想里又产生新的期待。

　　葵花在我心中正开得那样美丽，于是我突然想到一个关于葵花的传说。克丽泰是一位水泽仙女，一天，她在树林里遇见了正在狩猎的太阳神阿波罗，于是便深深地为这位俊美的神所着迷。可是，阿波罗连正眼也不瞧她就走了。克丽泰热切盼望有一天阿波罗能对她说一说话，但她却再也没有遇见过太阳神阿波罗。于是，她只能每天注视着天空，看着阿波罗驾着金碧辉煌的日车划过天空。她目不转睛地注视着阿波罗，直到他下山。每天，克丽泰就以同样的期待、同样的姿态呆坐着，头发散乱，面容憔悴不堪。终于盼到日出，她便仰望着天空，视线一刻也不离开太阳。后来，众神怜悯她，把她变成一朵金黄色的向日葵花。她的脸儿仰成了花盘，永远面向着太阳，幸福地追随太阳的方向，向太阳诉说着自己永远不变的爱情……她对爱的不懈追求，充满无尽的感动……

后来，我从一本书中看到，向日葵还有非常广泛的用途，是一种神奇的植物宝贝。最主要的是在食品方面，用上一点葵花籽当作原料，或者直接撒在面点上加以点缀，就可以为食物增香；或是从中提炼出葵花籽油，不但营养丰富，而且富含亚麻酸和维生素E，据说抗氧化的效果不错。还有那么多叶子当然也一点儿不会浪费，它可是家畜喜爱的饲料呢！葵花竟然还可以做成燃料等，仿佛欲将它吸收的太阳能量全部奉献给我们人类！这就是向日葵，还真的是一种和人类相当投缘又十分亲近的美丽植物，也算不枉我们对它的钟爱。

秋日那喜悦的阳光下，大片大片的向日葵，金灿灿地朝向阳光，既各自独立，又连成一片花海。它们迎着朝阳绽开笑颜，转动着自己的花朵，追寻着阳光的足迹，直至夕阳落下，它们才与夜色一起进入梦乡。"更无柳絮因风起，惟有葵花向日倾。"葵花，这向往光明之花，在久久的凝视里，又一次晕染着我的思绪，生动着我无边的想象……是的，心若向阳，无畏悲伤，做一朵仰望光明的葵花多好！那么联合世界上更多的微笑吧，让心田被阳光照得更亮。

邙岭桐花开

一觉醒来，只见窗外春雨初歇，几只小鸟正在树梢上蹦跳着，清脆悦耳的鸣叫如优美的乐曲般动听。

匆匆吃过早饭，我驱车来到孟津北邙，车窗外桐花正开得烂漫。

当春风拂过孟津邙岭，桃花、杏花、梨花、油菜花争先恐后地盛开了。到了四月，桐花再也按捺不住，一朵接一朵，一簇连一簇，漫山遍野竞相绽放，美丽的乡村被淡紫色的桐花簇拥着，绵延起伏的邙岭，被姹紫嫣红的春天装扮得分外妖娆。

孟津地处邙山腹地，自古就有栽种桐树的习惯，特殊的土壤和气候，非常适宜桐树生长，在房前屋后、沟坡岭地、道路两旁、田间地头……桐树随处可见。

梭椤沟村山环水绕，景色宜人。村口"建设美丽宜居乡村"的标语格外醒目，墙壁上火红的党旗熠熠生辉。近年来，随着国家对农村发展投入力度加大，这里的生态建设不断加强，人居环境有了极大改善。

四月的梭椤沟村，桐花陆续盛开，从一朵到一簇，从一簇到一树，从一树到遍地，这小喇叭状的紫色花朵在枝头悄然绽放，连绵成了紫色的花海，尽显浓浓的春意。一簇簇桐花绽放枝头，开得无拘无束，洒脱奔放。每一朵花都仿佛是一个小小的香囊，散发着沁人心脾的芳香，这些静静绽放的桐花，闪烁着紫色的光芒，惊艳了我的眼眸。

走出村子，沿村村通公路向北前行，我们来到小浪底主题公园，几位身着彩衣的少女，正踏春赏花，阳光照耀着她们的脸庞，她们也扮靓了春色。登高望远，一树树桐花，让高低起伏、错落有致的邙岭，披上了淡紫色的云裳，那淡紫色的桐花犹如一团团祥云，从低处蔓延至高处，从眼前弥漫至天边。我从未见过如此恢宏盛大、热烈奔放的桐花！在白云之下、邙岭之上，那一树树桐花，紫得耀眼，紫得绚烂，它高耸入云，宛若撑开了的紫色巨伞，也撑起了蔚蓝的天空。而那青青的绿草，正迎着春光挺胸展叶伸直腰杆；五颜六色的花儿，有的含苞欲放，有的羞涩地躲藏于枝间，还有的花蕊忍不住探出头来，更多的花儿在枝头展示着自己的妩媚与娇艳。此情此景，让我蓦然想起宋代著名诗人朱熹的"等闲识得东风面，万紫千红总是春"诗句来。

站在一处高坡上，但见一串串桐花，吸引了众多的蜜蜂。一只只蜜蜂在桐花里进进出出、嘤嘤嗡嗡，像是在演奏着一支勤劳致富的交响曲。"桐阴瑟瑟摇微风，桐花垂垂香满空。"我的脑海里跳出清代诗人蒋溥《桐花歌》里的佳句来……

登高远眺，林木葳蕤，美丽乡村半隐芳丛，逶迤绵延的邙岭大地被浓浓的春意浸染。一阵风儿吹过，挟带着甜津津的桐花香味在空中弥漫，几朵桐花飘落，我从地上捡起一朵，它紫白相间，小小的绿蒂承接着小喇叭般的紫色花朵，细长的花蕊藏在花中。我的思绪回到了童年，读小学五年级的我和同学，在放学回家的路上，远远看见路边盛开的桐花，待我们近前，发现这棵树树干笔直，直插云天，树下，有许多散落的桐树，一位同学捡起桐花放在嘴里用舌尖吮吸一下，说了句"这桐花真甜"。于是，同学们纷纷弯腰捡起桐花品尝，其中一个同学说："谁能爬上树，折几枝桐花解解馋？"大家面面相觑，没人应声。静寂良久，一个绰号叫"铁蛋"的同学说："我能！"

铁蛋皮肤黝黑、身体结实，不论摔跤、斗鸡，还是其他游戏，他都是佼佼者。只见他脱掉上衣，光着膀子在树前站定，然后往手上吐了口唾沫，搓了搓手，便开始上树。他手脚并用，肚皮与桐树接触发出"蹭蹭蹭"的声音。大家屏息凝视，他爬到了树的半腰后，却爬得越来越慢、越来越吃力了。大家喊"加油"为他鼓劲，而他却停下了。原来他已体力透支。最后，他只得从树上滑了下来。看着铁蛋沮丧地坐在地上大口喘气，大家很泄气，说:"算了,这树太高了,我们爬不上去。"我抬头望着那一簇簇迎风摇曳的桐花,心有不甘,脱掉鞋子,光着脚板走到树下,心里给自己暗暗打气:一定要匀速向上,坚持到底。我用双手抱紧树干,脚蹬腿夹,青蛙跳跃般一蹿一蹿、不疾不徐地向上爬着。上到一大半时,我稍加休息,接着缓缓向上,终于爬到了树杈上。树下,同学们发出响亮的欢呼声……

说来也巧,次日上午,正好是休息日,我随队里的社员一起来到地里,社员们汗流浃背,已经有两个小时没有休息了,队长吆喝一声"大家休息一会儿",人们便纷纷走到地头盛开的桐树下歇息。阳光倾泻而下,洒落在桐树上,一树紫色的桐花飘散着花香,一阵风儿刮过,吹落几朵桐花,其中一个正好落在一个男知青的脑袋上,大家逗他说,你的运气真好,他拿起桐花将绿蒂拽下,用舌尖吮吸了一下花蕊,说了句"甜"!大家便鼓励他上树去折一些桐花。他坐在地上,斜眼看了一下树,又看了一下坐在旁边的女知青,然后站起身。男知青身高一米八,这桐树于他而言并不算高,他纵身一跳,双手抱紧树杈,紧接着,双脚蹬着树干便上到树上,真是身手敏捷,大家在树下纷纷称赞。他在一根胳膊粗的树枝上站定,折下几枝桐花,扔给大家,女知青劝他下来,而他见不远处一枝桐花开得正好,便移步向前伸手去折。忽然,刮来一阵大风,树枝不停地摇晃,他脚下的树枝"咔嚓"一声响,紧接着"扑通"一声,他便重重地跌落在地上。大家赶紧围了上去,他躺在地上一动也不动,大家慌了,身边的那位女知青抱着他使劲喊,他没一点反应,女知青吓得差点哭出声来。人们找来了架子车,正准备动手抬他送往医院抢救,他却缓缓睁开了眼睛。原来他从树上摔下后,出现了短暂昏迷,幸亏树不高,加之地面松软,并无大碍,却把大家吓得不轻。桐树枝很脆,缺少弹性,承受力较弱,一般情况下,人们是不去上树逗这个能的,他大概也是太大意了。大家用车将他送到了村卫生所,医生看后说,他骨头没有事,只是扭伤了脚,休息几天就可以恢复。男知青因为受伤,行动不便,在生活上却得到了那位女知青的精心照顾,后来他们产生了爱情,并登记结婚成了一家人。人对大自然与生俱来就有

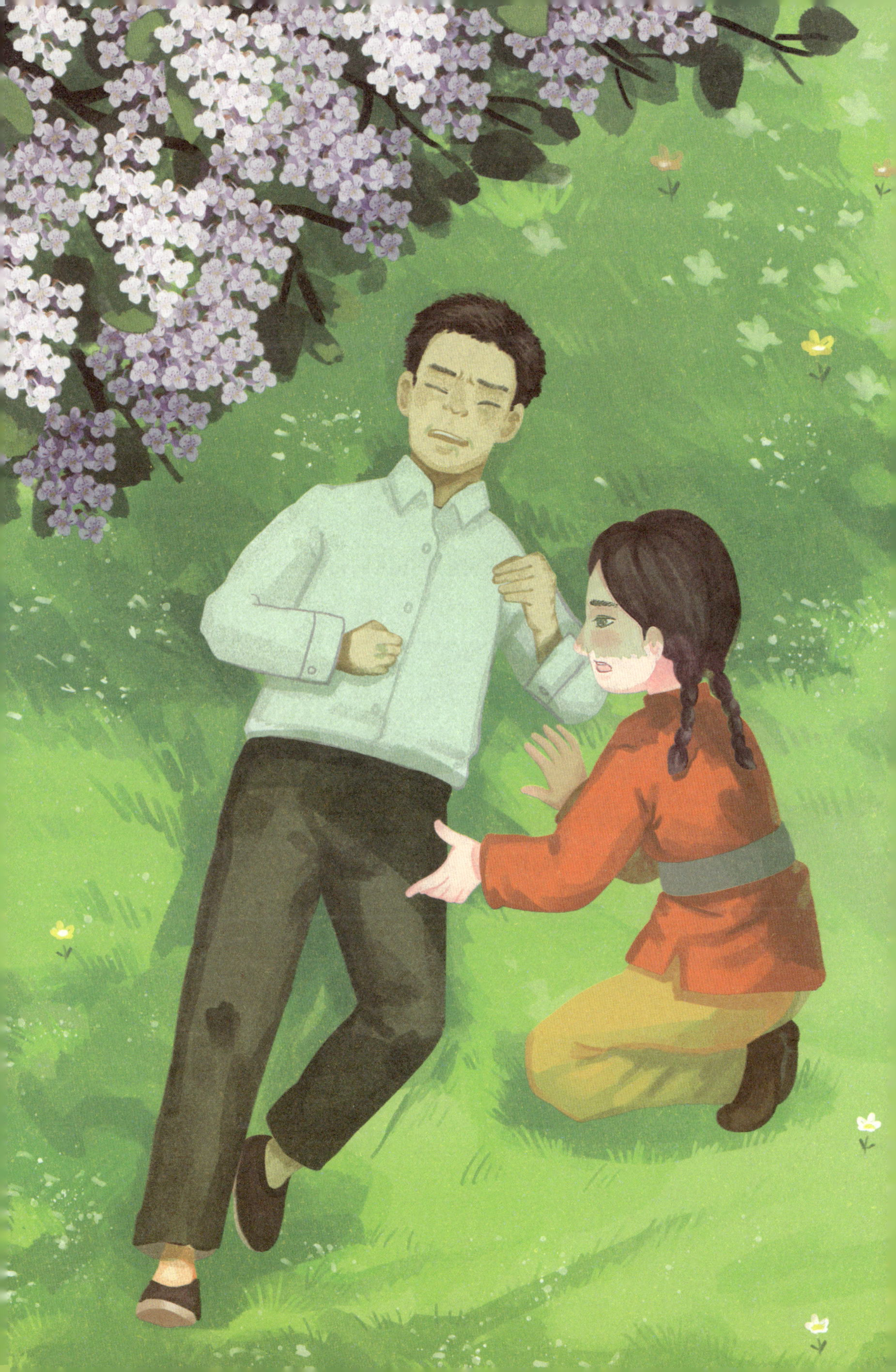

一种亲近与眷恋，何况在这春的世界里，万物的天性总是与阳光和人的体贴、抚慰有极大关联。

桐花有内敛的性格，它带给人的，是一种雅致淡然的恬适感，它不事张扬、朴素大方，在众花出尽了风头之后，它才悄无声息地淡然开放。它用质朴低调的美丽，随遇而安地守候着属于自己的天地。它如同一位质朴的山村女孩，不去迎合时尚，内在的坚守和低调，令人心生敬意。它高高地擎起一树树繁花，在人间四月天，为洛阳北部的邙岭增添了绚烂的色彩。

如今，在城市繁华的街道和热闹的公园里，已很难见到桐花的踪影，而在远离喧嚣的邙岭上，桐花却开成了亮丽的风景。有几位骑行者也来到这里，他们举起手中的相机，将春天的美景和田里春耕的繁忙景象一一收在了镜头里……他们是专程来到这里拍摄桐花的，他们与争相竞妍的花草一起装点了美丽的春天。

四月的春风，真像技艺高超的魔术师，让花、草、树木在春风中纷纷绽开了笑颜，让麦田更绿、天空更蓝，让冬日荒芜的邙岭，变成了一个色彩斑斓的世界，而枝头浅紫色的桐花更是漫山遍野，蔚为壮观，美得让人心动。

离开梭椤沟村的路上，我看着路边桐花汇成的紫色长廊，那一串串桐花，仿佛正和风低吟，吟唱着乡村振兴的赞歌，吟唱着盛世太平的华章。

第二辑

山水入梦

一条河流的变迁

不久前,我随洛阳市作协"时代风采"采风团来到孟津,在游览了孟津龙泉谷后,久久难以释怀。龙泉谷,一个美丽的去处,那花、那树、那河流,以及河流里嬉戏的鱼、天空翔集的鸥鸟、蜿蜒的木栈道、怡然自得的游人,轮番在我的脑海萦绕。

龙泉谷位于孟津城区西南部,北起会盟大道西段,南至瀍河大道,东西以龙马路和金谷路为界,南北长3.1公里。它犹如镶嵌在孟津的一条彩练,在河洛大地散发出夺目的光彩。

我们乘坐的汽车是从会盟大道驶入龙泉谷的,坐在车上,公路两边的景色如一幅幅色彩斑斓的图画,令我不知该先欣赏哪一处。那一簇簇的花、一片片的绿地,那高高低低、色彩各异、荫翳茂盛的树木,那与公路一起向前延伸、时隐时现、在阳光下闪着粼粼波光的瀍河,滋润着我的眼睛和心灵,让干涸的土地焕发出勃勃生机。那无边无垠的林木,如茵如海的草坪,就像被水灵灵的柔风吹拂过一般,鲜活、灵动。太阳透过薄薄的浮云,把釉彩倾洒在波光潋滟的水面上,倾洒在疏落有致的曲栏水榭上,斑驳陆离、恍若梦境般的感觉。而在瀍河两岸,陡峭的山岭垂空而下,络绎不绝的游人,有的在拍摄视频,有的在河畔徜徉,还有的在池边流连忘返,陶醉其中。这一个个场景,犹如一幅幅绝美的水墨丹青。我想让汽车停下来,好好欣赏一下美景,但工作人员却说:"还有更好的景色在后边等着你们观赏呢!"

汽车在风景中缓缓前行,远远地,我看到一片宽阔的水域,水面上芳草萋萋,蜿蜒的木栈道直通东西对称的观景台。汽车终于停了下来,我们沿着木栈道步行至观景台上,大家纷纷举起手机将美景收入手机中,也收入到了心里。

观景台伫立在水中央，睡莲、芦苇在水面轻轻摇曳，煞是好看。一丛丛鲜嫩的芦苇，蓬勃向上、错落有致、摇曳生姿，成群的鱼儿在芦苇间嬉戏。风儿轻轻划出了长长的涟漪，波光粼粼、浮光跃金。看到这景色，就像喝了一杯醇香的美酒一般惬意。莲叶有的紧贴着水面，有的亭亭玉立，而一朵朵美艳的荷花赏心悦目，送来了丝丝缕缕的芬芳。在这里听鸥鹭啼鸣，看鱼儿游弋，观候鸟飞翔，漫步其间，吮吸着"古来曲院枕莲塘，风过犹疑酝酿香"，一不留神，是否也会"沉醉不知归路"，而"误入藕花深处"呢？

南北一大一小的池塘，像碧绿如黛的半月，柔美、灵动、深邃而温情，吸引了我们好奇的眼神。风，从水面吹来，携带着丝丝清凉，拂去了夏日的燥热。池塘边草木婀娜、花香满径，垂柳亲吻碧流，漾起微微涟漪。这里满眼的树木花草，有许多叫不出它们的名姓，而它们也不会计较这些，只管努力开出最美的样子，呈现最美的风景。

湛蓝的天空，被白云随意装点着，有的像奔驰的骏马，有的像腾飞的巨龙，还有的像一团团洁白的羊绒，给人无限遐想。瀍河的南岸，一栋栋小洋房、一幢幢高楼鳞次栉比，造型新颖，依山傍水错落于翠绿间，在阳光的照射下熠熠闪光。盛开的花朵无处不在，白的、红的、黄的、蓝的，五颜六色、绚丽多彩。游人穿梭在花丛中，不时驻足拍照、做直播，把眼前的美景连同愉悦的心情一起分享给亲朋好友。抬头望去，连绵不绝的树林一层层争相攀升，把龙泉谷掩映在柔柔的绿荫之中。阳光洒落在无边无垠的林木花丛间，洒落在如茵似海的草坪下，洒落在疏落有致的曲栏水榭上……水天一色，如梦如幻。

来到公园南端，我看到几户灰瓦仿古建筑，修建在老窑洞的基础上，古风古韵，别具特色。置身龙泉谷，在如梦如幻、如痴如醉中，我不禁怀疑，这里真的是瀍河吗？真的是龙泉谷吗？

清澈见底的瀍河欢快地吟唱着，水面上涌起一轮一轮的波纹，我的思绪也随着历史的波涛起伏。

伊、洛、瀍、涧是洛阳的四大河流，而位于孟津的瀍河，是距我居住的地方较远的一条河流。因此，我对瀍河的关注相对较少，但我知道瀍河的源头在孟津，六年前，我到孟津小浪底镇班沟村参观班超故居时，听朋友讲，瀍河的源头就在距离我们不远的横水镇东面的寒亮村。在好奇心的驱使下，我与朋友一起来到瀍河的发源地。记得那是一个春天，天上下着细雨，我们兴致颇高，一路踏着泥泞走到瀍河边。令人失望的是，一条瘦瘦的混浊不堪的河流，从眼前流过，这就是所谓的瀍河了。我不免有些失望，当时的瀍河污染严重，河面狭窄，水流极浅，河面隐隐散发出恶臭，根本无法与洛河、伊河媲美，我感到一种揪心的痛。

　　瀍河在孟津段全长 29.6 公里，途经会瀍沟、马屯、班沟、九泉、寺河南，由牛步河入瀍沟。进入瀍沟以后，偎着山崖，穿过刘家寨、前李、后李，由洛阳瀍河区的下园汇入洛河。历史上，瀍河水量很大，滋润着沿岸数十万亩粮田，哺育着勤劳智慧的孟津儿女。只是，近 40 年来，随着气候变化，地下水位下降，源头泉眼干涸，瀍河成了季节性河流，由此带来一系列环境问题。

　　相关资料显示，最为突出的问题就是水量不足。瀍河季节性较强，汛期雨洪无法拦蓄，瀍河九泉水库以上河段基本常年干涸。由于缺少拦蓄水工程，无法对雨洪资源进行充分利用和调节。加之城市发展，地下水开采量大，导致地下水位下降，河道渗漏情况也非常严重。

　　瀍河沿线村庄大多远离城镇，居民生活的污水、养殖业的废水，未经任何处理，直接排入瀍河，造成水体发黑发臭，以及瀍河水质严重恶化。历史与现实的原因，客观与人为的因素，让瀍河污水横流、污染物漂浮物堆积，给环境带来严重影响。而当时的龙泉谷，成了瀍河古道上最大的污水沟和全城雨水、生活污水的排放地，一到夏天，这里就成了蚊蝇的天下，附近居民对此苦不堪言。

　　傍水而居、面水而住，是人类亘古不变的居住情怀。而孟津，尽管境内拥有长达 59 公里的黄河河岸线，拥有库容量 126.5 亿立方米的小浪底水库和库容量 1.62 亿立方米的西霞院反调节水库，但由于城区坐落在邙山岭上，也只能望水兴叹。

打造城区生态水系景观，实现近水、亲水、娱水、乐水，成为孟津人新时代的梦想。自2017年以来，孟津乘着洛阳"四河同治、三渠联动"的东风，围绕"水清、岸绿、路畅、惠民"的目标，按照"水质主导、精准治污、部门协作、综合治理"的原则，开始对瀍河两岸实施大规模的综合治理，即在满足河道防洪安全的基础上，以水质提升为主导，以保护和修复河流水生态系统为目的，以水环境、水工程和水景观为治理措施开展的综合性水生态治理工程。

经过三年多的日夜奋斗，2020年12月，瀍河综合治理后的29.6公里水系全线贯通。瀍河旧貌变新颜，不仅实现了瀍河复流，改善了水质，使"一河清水送洛城"成为现实，而且瀍河两岸被打造成了集休闲娱乐、健康养生于一体的生态景观长廊。

而今的瀍河碧波荡漾，像一面巨大的镜子，将山川美景倒映在水中，碧绿的河面，在阳光的抚慰下，泛起粼粼的波光。成为当地居民休闲观光、健康娱乐的打卡地，以及当地生态环境建设的一大亮点。

涅槃重生之后的龙泉谷是美丽的。近探曲径通幽，远眺绿意葱茏。园林道路蜿蜒贯穿，树木和花草构成了一幅美丽画卷，展现出沟域生态的美丽长廊。瀍河水似玉带缠腰，幢幢楼房排列有序，条条街道披绿挂翠。走在龙泉谷的观光道上，阳光温馨而柔和，天空蔚蓝而纯净，树木散发阵阵清香，无数绿叶哗哗啦啦地在空中摇动，像无数只透明的小手掌，那是生命的欢呼吧？时空戛然停滞，整个身心如清水涤荡，一切尘世烦恼烟消云散……休闲散步的老人、沿河跑步的年轻人，还有三三两两追逐嬉戏的孩子，加上清脆的鸟鸣、幽幽的花香、嫩绿的树叶、潺潺的河水，构成了一幅人与自然和谐相处的动人画面。

瀍河从孟津穿过，一路蜿蜒，缓缓向前，与由西而来汹涌澎湃的洛河携手汇合，之后浩浩荡荡共赴黄河。奔腾不息的浪花铺卷成一幅生态美丽、幸福宜居的水韵画卷，为美丽中国标注下最生动的注脚。

大美孟津黄河湿地

这是一片充满神奇、富有梦幻色彩的湿地。

成群结队的鸟儿，以优雅的身姿、悦耳的鸣唱，给这片湿地增添了灵动的气场，呈现出生机与活力。这些可爱的精灵，有的在蓝天与河面间翩翩起落，如行云般舒展；有的旁若无人地放声歌唱；有的悠闲自在地捕食、嬉戏；还有的静立于树梢，瞭望着远方，就像在迎接你的到来……这是初秋时节我在河南孟津黄河湿地国家级自然保护区看到的一幅鲜活灵动的生命图景。

沿着通往湿地的木栈道蜿蜒前行，映入眼帘的是一片片水泊和苇草丛。阳光洒在水面上，微风过处，泛着粼粼的波光。猛然间，芦苇丛中飞起两只白鹭，它们优雅地掠过天空，惊艳了人们的眼睛，让人为之一振。这白鹭白得耀眼，在半空中划出一道弧线，带着湿润的气息，浸润着满目的诗意，然后贴着湿地滑翔，那白雪般的羽毛，让我的眼睛一下明亮了起来，氤氲的诗意在心间洋溢。

秋天，是孟津黄河湿地最美的季节，身边那一丛丛狗尾巴草，随风轻轻摇曳着，显示出坚韧与顽强。芦苇荡泛起波浪，高挑的芦苇肩并肩站立在一起，参差而富有神韵。苇穗的颜色也不尽相同，有的由淡紫转为粉白，直到洁白的芦花盛放，放眼望去，芦苇荡洁白如雪，缀在细细的柔茎上，仿佛被风轻轻一吹，就会悠然四散，然后在碧蓝的天空下自在地飞舞，画面极美。

这里满眼尽是美景，各色各样的花、草、树木，或高或低，或疏或密，无拘无束肆意地生长着，自然而随性，少有人工雕琢的痕迹。开阔的水域，众多的滩涂，繁衍出丰富的水生动植物，为水禽创造了活动、觅食及隐蔽的栖息地。

耳畔的几声鸣叫，打破了湿地的静谧。循声望去，一对体态轻盈的蓑羽鹤在阳光下悠悠盘旋，双翼轻展如仙子般美丽，它们的声音时而高昂、时而幽怨、时而激荡、时而悠扬，宛若天籁。我停下脚步，急忙从湿地工作人员手中接过高倍望远镜，只见这两只蓑羽鹤从天空中缓缓滑落在不远处的草地上，悠闲地漫步、觅食，其中一只还跳起了优雅的舞蹈。蓑羽鹤体型娇小玲珑，举止优雅，性情带着几分羞怯与温柔，故有"闺秀鹤"的雅称。蓑羽鹤多以石板灰色为主，颊部两侧各生有一丛白色长羽，前颈和胸部的羽毛为黑色，上胸黑羽呈披针状。蓑羽鹤戒备心很强，人们很难靠近它们，只能通过高倍望远镜偷偷地观赏。蓑羽鹤是世界上体型最小的鹤类，对生态环境质量有很高的要求。一有风吹草动，这些可爱的生灵便会振翅而飞，渐行渐远，直至消失在人们的视野中。

湿地是众多动植物特别是水禽的乐园。这里一年四季群鸟齐飞，百鸟唱和。每年的春秋两季，成群的大型水鸟从遥远的西伯利亚等地经由这里飞往大洋彼岸的美洲和澳洲，迁徙的场面蔚为壮观。湿地管理人员告诉我，保护区总面积15000公顷，核心区3500公顷，共记录到鸟类259种，珍稀鸟类如黑鹳、东方白鹳、火烈鸟、黑雁、疣鼻天鹅等相继在保护区出现，10万余只鸟类在此栖息繁衍，其中黑鹳数量最多时达到84只，这一现象在国内极其罕见。

湿地工作人员的话，让我回忆起多年前的一个秋天，热爱摄影的朋友约我到黄河湿地，并告诉我运气好的时候，能在黄河湿地看到罕见的鸟类。然而，几个小时过去了，直到暮色降临也未能如愿。我心中不免有些失落，朋友却说这再正常不过了，多来几次兴许可以见到，而我实在没有那个耐心。令人欣慰的是，这里如今成了鸟儿们生活、栖息的乐园。人与自然和谐相处，人与鸟类也成了真正意义上的好朋友。

在湿地，我还见到几块特意为鸟儿准备的稻田。每年10月以后，辽阔的湿地便成了各类候鸟的度假村，每天都有许多鸟儿在这里降落或起飞。

那些长途迁徙而来的，诸如蓑羽鹤、白天鹅、白鹤等各种珍稀的鸟儿，因长途跋涉，急需填饱饥肠辘辘的肚子。而这里虽然有大片水域，水域内也有不计其数的鱼虾等水生动物，但总不如这成熟的庄稼来得更实在，鸟儿们能快速补充体力、恢复精神。保护区内的各种昆虫，也为鸟类提供了良好的食物来源。因此，政府专门拨款贴补给当地的农民，让他们在保护区内尽可能地多种植一些动物们爱吃的农作物。为了保护生态，孟津县政府可谓煞费苦心，难怪越来越多的候鸟会把这里作为理想的栖息地。

不知不觉间，落日的余晖洒满湿地，像橘色的绸缎。几声动听的鸟鸣，唤醒了我梦一般的思绪。我猛然想起著名作家梭罗在瓦尔登湖边，尽情享受着美妙的黎明和黄昏，与大自然交流，和自己的内心对话，那种静美实在令人向往。在人生旅途中奔波的人们，谁不渴望悠然漫步于这种境界呢？

天空中成群的鸟儿盘旋往返，还有的鸟类在浅水滩徜徉，在水面上扇翅起舞，戏水追逐，纵情欢唱，一切都是那么生动迷人。大自然的神笔，勾画出一幅宁静、优美、壮观的画面。

天地静谧，鸟儿灵动。动静结合之美，是孟津黄河湿地的独特之美。

复活的河流

去过许多地方，大多数地方给我的印象不深，而不久前参加的一次文学采风活动，一条河流却流进了我的灵魂深处。这条河流曾经被深度污染，几乎断流。然而近几年，随着引黄入洛工程以及孟津治污工作的实施与开展，这条"龙须沟"般的河流，又焕发出勃勃生机，这就是流经洛阳城的四大河流之一的瀍河。经过治理后的瀍河孟津段，以其碧绿的血脉，串联起一个个斑斓多姿的村落、乡镇，像一条宽阔的玉带，从孟津的南大门前缓缓流过。

瀍河的发源地，位于豫西丘陵山区的孟津，这里素有"河图之源""六朝帝京""邙山福地""黄河明珠"之美誉，是一方有着悠久历史、充满着神秘传奇、洋溢着勃勃生机的土地。这里秀美的山川，闪耀着远古的文明之光。时值盛夏，我再次来到瀍河孟津段，开始了心仪已久的一次约会。

站在高高的邙岭上，俯瞰瀍河上游的牛步河人工湿地公园，那波光粼粼的湖水以及湖岸周围巧妙点缀着的栈道拱桥、岛屿水车、亭台廊道，构成了一道美丽的风景线。牛步河公园不仅景美，还担负着提升水质的重任。园内新建的两个潜流湿地和两个表流湿地，利用沓笆岩、稀释碳源等高科技材料，通过微生物分解，以及水葱、菖蒲等水生植物根系吸收，使地表水的质量得到有效提升。沿着瀍河孟津段悠长的河道由西向东顺流而下，这蜿蜒曲折的河流，以及河流两岸秀美的景色，让我应接不暇，它像一幅幅版画牢牢镌刻在我心中，又像一首首乐曲久久萦绕在我耳畔。

沿廊道前行，有一座古色古香的亭子，这里四面环水，凉风习习，是夏日乘凉的好去处。亭里有人在专心画画，还有人坐在长条椅上聊天，其中一位是当地人，看上去已是古稀之年。闲聊得知，他就住在瀍河旁边，一有空闲便喜欢来这里转悠,他说:"我从小喜欢河流,如今,治理后的瀍河从我家门前流过,水清岸绿,环境优美,看着就让人心情舒畅。"他说这话时,脸上洋溢着幸福的笑容。

昔日人迹罕至的瀍河故道上,如今行人如织。远处有一座140多米宽的橡胶坝,清澈的河水飞流直下,形成一个浪花飞溅的小瀑布。近前,"哗哗"的水声不绝于耳,像是在吟唱着新时代的赞歌。穿城而过的瀍河,穿缀起"碧波万顷、倾城盈绿"的生态长廊。瀍源湖、湿地保护区、运动健身区、文化娱乐区、观景休息区等几大区域,及景观瀑布、九曲栈道、亲水平台等,融自然美、人文美、现代美于一体,极大地改善了瀍河两岸的生态和人居环境,为瀍河流域经济优化产业布局,奠定了良好基础。

宽阔的河床里,碧绿的荷叶在夏日的微风中轻轻舞动,秀美的荷花在空灵的河水中亭亭玉立,桃红、鹅黄、淡粉……各色的荷花如性格各异的少女,在荷塘中竞相展示着自己的优美。这让人不由得想起"接天莲叶无穷碧,映日荷花别样红""小荷才露尖尖角,早有蜻蜓立上头"等诗句来。河床中美的岂止荷花,还有许多熟悉的和不熟悉的葱郁植物,到处是蓬勃的生命律动。那蜿蜒的小道、造型别致的小桥、伫立水面的亭子,显示出设计者巧妙的艺术构思和能工巧匠高超的建筑技艺。

"这里原先是条臭水沟,如今竟变成了环境优美的湿地公园。"居住在附近的王大妈,经常带着孙子在瀍源公园遛弯儿,她说,这里成了她早晨和傍晚锻炼、散步的必到之地。徜徉于此,欣赏"鱼戏莲叶间"的美景,听着鸟儿合奏的悠扬交响曲,荷花的清香,随着清风在湿润的空气里荡漾,沁人心脾,使人恍然步入了古典诗歌的意境里。

在一片草木丰茂的湿地,芦苇荡中游出一群野鸭和几只白鹅,还有停留在水面和苇丛中的水鸟。这些鸟儿天真活泼,或在水中嬉戏,或贴着水面盘旋,啾啾鸣叫,其音委婉动听,鸟儿在游人面前也是宠辱不惊、神情自若的样子。绿色的水面染绿了鸟的羽翼,染绿了清洁的空气,也染绿了人们的好心情。池塘边,孩童的天真、少年的张扬、青年的活力、中年的沉稳、老年的沧桑，一幅和谐共处的画面，柔美而温馨。

这里有清澈的碧水，有蓝色的天空，有游鱼和翠鸟；这里有垂钓台和造型各异的亭台楼阁；这里将水的柔美、草的葳蕤和现代元素相融合，组成一幅立体的风景画轴，让人仿佛置身于旖旎的江南水乡；这里有景观水系木栈道、步行长廊、沟谷生态林氧吧……成为市民休闲娱乐的好去处。长达15公里的沿河步道，宛若一条彩带，将瀍河装扮得更加灵动秀丽，成为当地居民的一条生态休闲观光路。沿河漫步，美好的时光总是匆匆，只叹时光不能在此停留。

不知不觉间，夕阳的余晖洒落大地，河面上流淌着斑驳的光影，花草树木的枝叶上，有金色的阳光在晃动。瀍河，离繁华不远，离田园很近。在这充满诗意的环境里，人们的心灵变得充实而宁静……

美哉，老君山

很多时候，人们去一个地方，是不经意间抵达的。然而，往往就在这不经意间，却会使你获得一种全新的生命体验。

盛夏，我在朋友的邀请下走进了位于栾川县城南三公里的老君山。一是为了避暑，二是想在精神的维度里，近距离感受一座山新时期的文化气象。

老君山，因东周守藏室史李耳辞官归隐于此而得名。如今，它是国家5A级旅游景区、国家级自然保护区、世界地质公园。老君山是八百里伏牛山的主峰，海拔2200米，山势雄伟，群峰竞秀，峰林洞涧，千姿百态，可谓"天连五岳全雄晋，地接九州巍伏牛"。

傍晚，在老君山下，欣赏了夜色将近时山城独特的景致和风韵。远处的山，近处的村落，隔着几条街道的城市繁华，走出家门散步纳凉的人，都别有一番诗意。我惊叹于这样的美，它有别于你内心那种对美的概念，它是栾川山城特有的一幅画卷。晚饭后，我们在街上漫步，阵阵凉风吹拂，没有了夏日的燥热。回到宾馆，山风吹进屋内，凉爽宜人，窗外树叶沙沙作响，好像清新悦耳的催眠曲。窗外，一弯明月挂在天上，如水的银光洒落一地，鸟儿在一阵接一阵低吟浅唱，像是为我们伴奏的催眠曲……我很快便进入梦乡。这是我少有的酣睡，做的梦是轻快的、是甜美的，仿佛又回到了小时候。

翌日，在鸟儿的声声鸣叫中醒来，天已大亮。夏季的老君山，满眼郁郁葱葱，让人感觉十分凉爽。坐在缆车里，我蓦然发现，索道的下方是一个天然大峡谷，缆车好像小型飞机一样迎山而上，无论仰视还是俯瞰，树林茂密，云飘雾绕，让人不得不赞叹大自然的神奇。

这里的云雾比庐山的烟雨更壮观，比黄山的云海更善变。这里的云海动中有静，静中又有千变万化，这不正是老子"致虚守静"的境界吗？我喜欢上了这个地方，仿佛与老君山的缘分在冥冥中早已注定了。

下了缆车，沿着盘山公路行走约数百米，便来到了颇具气势的中天门；再由中天门拾级而上，就看见了清玄寺。继续往上走，终于到达了幽洞天籁。站在山上，山风呼呼吹过，一扫夏日的暑热，真是"人间七月正中伏，老君山里已深秋"！这里清幽雅致，自然界的造化为人类的生活平添了许多亮丽的色彩。

我被这里的风景吸引，真想多待一会儿，导游却说，更好的风景还在后面呢！我又乘观光缆车来到山顶。站在山顶俯瞰远方，高高低低的山峰，好像站立在苍山云海之间。遥望栾川县城，那些高高低低鳞次栉比的楼房，错落有致地偎依在老君山下，守护着这片美丽富饶的土地。

踏上悬空栈道，则是另一番感觉。眼前悬崖峭壁，脚下云雾翻腾。慢慢向前挪动步子，竟不由想起李白《夜宿山寺》里的诗句："危楼高百尺，手可摘星辰。不敢高声语，恐惊天上人。"

老君山苍松劲树，四季常青，鸟语百啭；山风松涛，啸声阵阵，不绝于耳。云的变幻、林的多姿、水的清澈、山的险峻，宛如一部立体的交响诗篇。当你走进老君山，仔细去看，认真去听，努力去品味时，你会感觉到大自然跳动的脉搏、巍巍群山连绵起伏的呼唤。你会感受到，这里阴阳互补、刚柔相济、动静相间、万物和谐，山水间充满着自然辩证法的对立统一，这里充满着无限生机和活力，给人们无尽的遐想。

漫步老君山，仿佛置身于天然画廊，身心舒畅，精神旷达，忘却了凡尘。目之所及，那一山一石、一草一木，仿佛都有了灵性。有一种无法言说的吸引力，将你融入山的怀抱，成为大自然的一部分，让所有爱恨与幽怨都化解在青山绿水之间，让所有的烦躁和不安都消融在大自然的纯真之中。

山水之妙，在乎个人的感受，这里，重峦叠嶂中是数不尽的风云岁月，云起云落间陶冶着人的心灵。那山的优雅、古庙的凝重，让老君山更具仙风道骨，更体现出道法自然的深意。

　　沿着栈道继续前行，终于到达伏牛山主峰。"会当凌绝顶，一览众山小。"站在这里，我顿觉心潮澎湃。世界的博大、宇宙的无限，让人瞬间感到得失的渺小、融入的虚无，许多解不开的心结悄然化解，荡然无存。仰视俯察，远眺近观，快意无限。山因高大而厚重，因文化而流传。老君山自然造化的美景，体现的正是一种大音希声、大象无形的"道"。只要你用心慢慢体味，就能感觉到，这也许就是人类几千年来，对灵山秀水情有独钟的原因所在吧！

　　老君山，它有古老的精神文貌，又有时代的荣光。它是一座富民的山，为栾川人们带来新的生活天空，它又是栾川人民精心呵护下的山，就像呵护着我们深爱的人，如此亘古，如此深情绵绵。

挂在白云山上的瀑布

"山不在高，有仙则名；水不在深，有龙则灵。"徜徉在嵩县白云山景区，不由得想起刘禹锡《陋室铭》中的句子来。在我国，北方的山普遍缺水，山若离开了水的滋养，便失去了活力，失去了灵性。总感觉上天对白云山格外眷顾，这里溪水环绕，瀑布高挂，而在众多的溪流、深潭、瀑布中，最瑰丽壮观的当数九龙瀑布。

立秋后的几次雨，让酷热的天气一下变得凉爽起来。我们来到白云山度假村，午饭后，稍事休息，便乘车向九龙瀑布进发。汽车沿着蜿蜒的盘山公路行驶着，车窗外重峦叠嶂，山脉连绵起伏，幽深的峡谷中，升腾起神秘莫测的云雾，好似一幅水汽氤氲的山水画卷。

汽车停在半山腰的停车场。下车后，我们沿着高低起伏、曲折蜿蜒的山路向九龙瀑布行进。在山路上跋涉攀缘，总感觉有些吃力，行走了一会儿，身上便汗津津的，脸颊不时也有汗水滴落下来，这时才想到平时锻炼身体的重要性。

起初的阳光依然强烈，但路两边繁茂的树木，为我们撑起一路的绿荫。善解人意的风儿，静悄悄地，送来一缕缕清凉的问候，路上树影摇曳，脚下晃动着阳光斑驳的碎片。许多不知名的山花，从不计较脚下土地的贫瘠或肥沃，也不在乎季节的变换，依然开得忘我、开得鲜艳。掩映在树木丛中的溪流，无声无息地流淌着，静谧而又充满活力。花草间、溪水边，一只只蝴蝶翩翩起舞，曼妙的舞姿，将我们带进了梦幻般的世界。

九龙瀑布是白云山五大观光区之一，也是白云山水域风光最精彩的部分。从千尺崖到五福天路，汩汩流淌的溪流、幽深的碧潭、险绝的峡谷、奔泻的瀑布，组成了九龙瀑布绮丽的景观。我们继续沿着一条弯曲起伏的小径行进，有的地段小径紧贴着山壁，山峦重重叠叠，奇峰错落有致，绝壁如斧所削，危岩触目惊心，高高低低的石阶，宛若琴键伸向远方。这里，山水交相辉映，山间云雾缭绕，仿佛置身于山水画廊中。

经过一个小时的艰难跋涉，终于来到九龙瀑布前。但见一条白练高高地从悬崖垂落，在石壁上天然形成了九条龙形的岩纹，宛若腾空的巨龙。而九龙瀑布，上与蓝天白云相接，下与碧潭深渊相连，奔腾的气势仿佛银河倒泻，让人惊叹叫绝。这瀑布从悬崖峭壁跌入谷底，飞流直下击打在岩石上，有气吞山河之势。那落入深潭的轰鸣，激越雄壮，震耳欲聋，仿若豪迈的誓言，在山谷久久回荡。九龙瀑布是白云山众多瀑布中最令人震撼的一处瀑布，它如银河高悬，从百米高空飞泻而下，惊艳了在场的每一个游人。我缓缓靠近瀑布，任水雾打湿衣襟，也在所不惜。这令人震撼的九龙瀑布，让我想起李白的那首《望庐山瀑布》，假如李白当时观赏的不是庐山瀑布，而是九龙瀑布，那么"飞流直下三千尺，疑是银河落九天"的诗句，所书写的内容可能会改变了。

湍急的水流从一百多米的高空落下，击打在岩石上，碰撞出许多水雾。这水雾纷纷向四周扩散，飞珠溅玉。微风拂过，如烟似云的水雾在阳光下呈现出一道美丽的彩虹。观赏彩虹的角度不同，呈现的景致也大不一样，可谓人挪虹移，如梦如幻，仿若仙境。旅途的艰辛，被眼前的美景驱散，沉睡许久的激情，被九龙瀑布和瀑布下碧绿的潭水一下激活了。在这里，人们放下以往的矜持，仿佛一下回到了童年。

不知不觉间，暮色已降临，我们依依不舍地离开了九龙瀑布。而它带给人们的愉悦，已随着丝丝的秋风潜入内心，润泽心灵。

西子湖的诱惑

汽车在西子湖边停下，游船并没有按照预定时间到达。大家先是站在离湖不远的大树底下乘凉，四面八方来的风汇聚在这里，树叶扇动，沙拉拉地响，像是在热烈地鼓掌。"池塘边的榕树上，知了在声声叫着夏天"，我蓦然想起罗大佑《童年》的歌中，开头呈现的夏日景象。

我们还是经不住西子湖的诱惑，纷纷来到了西子湖岸边，为这里的美景所陶醉。人们有的在拍照，有的在湖畔若有所思，还有的掬一捧湖水洒向天空。湖边的阳光着实有些炽烈，爱美的女士们全都撑起了遮阳伞。我站在码头上远望西子湖，那青碧的湖水泛起粼粼的波光，像无数小叶片在水面上集体跳舞，一会儿亮出正面的深色，一会儿换成背面的浅色。靠近熊耳山的湖水，则叠加着绿、蓝、白等多种颜色，在这叠加的颜色之上，又有多种颜色在移动、变幻，如一幅印象派的油画。

虽然我早就领略过西子湖的美，然而当我再次看到它的那一刻，仍然惊羡它的美丽。我曾到过许多地方，也领略过不少的湖泊、水库的美丽，但在北方，像西子湖的水那般清澈、纯净的湖水，实乃鲜见，它的美远远超出了人们的想象。

游船终于到来，大家依次上船，在素有"高峡平湖"和"北国漓江"美誉的西子湖上游荡。西子湖就像一块偌大的温润的碧玉，被四周的青山簇拥着，不知是青山染绿了湖水，还是湖水映绿了青山。"那醉人的绿呀，仿佛一张极大极大的荷叶铺着。"此情此景，使我蓦然想起朱自清散文名篇《绿》中的句子来。此刻，我的心与西子湖一起荡漾着，西子湖清澈的流光、盈盈的湖水，映亮了我的双眼。

当游船行驶到湖的中央，我站立船头，放眼四望，只见天蓝、湖碧、山青、水秀，分明就是一幅阔大的水彩画。西子湖湖身狭长，宽处烟波浩渺、万顷一碧，窄处两岸青山对峙，婀娜多姿。我仔细观看两岸的山，层峦叠嶂；再看湖中的水，碧绿醉人，真的具有中国画恬淡的意境。那清凉的风、碧绿的水、摇曳的波光、绿色的树木，让人宛若置身仙境。有人说，湖，是风景中最美丽、最富有表情的，它是大地的眼睛，观看者也可衡量自身天性的深度。的确如此，再美的风景，也与观赏者的心境有关，心境不同，景色往往也不同。

西子湖的美，美得让人无可挑剔，难怪西施会和范蠡选择此地隐居。相传，春秋时期越国大夫范蠡，协助越王勾践"卧薪尝胆"重振山河后，吸取伍子胥的教训，辞官归隐，携美女西施周游天下。有一天他们辗转来到故县，见此地山水秀丽，就决定在此居住。范蠡与西施常牵手于湖畔，后人便称之为"西子湖"。

西子湖水库库容11.75亿立方米，水库回长30余公里，控制流域面积5270平方公里，水域蜿蜒崎岖，景色优美。西子湖的美，美在它两岸的山，那山青翠得让人心旷神怡，满山松涛起伏、竹海荡漾，这些树木密密麻麻地挤在一起，簇拥着西子湖，映衬着西子湖的美；西子湖的美，美在它的水，这里的水碧绿，绿得让人心动。西子湖，让我们领略到了大自然独有的美，它引领着我们的目光，陶冶着我们的性情，放飞着我们的想象。

西子湖已住进我的内心。虽然已立秋，天气依然炎热，我的心中，却有一泓安静的湖水，让我渐入清凉之境。

一座被文学赋予生命的山

初闻琅琊山，是在中学课本上那篇欧阳修的《醉翁亭记》里，文中赞道："林壑尤美，望之蔚然而深秀。"又因"醉翁之意不在酒，在乎山水之间也"的独特韵味，而成为千古佳句，被人们传诵至今。琅琊山、醉翁亭，因欧阳修的一篇美文而名扬天下。

琅琊山，有园、有亭、有寺庙，更有诗与散文写就的历史。

我对琅琊山倾慕已久，然而，走近它，却是30年后的一个秋天。仔细想来，这个梦，未免有点漫长。真到了琅琊山，又感觉在虚幻中一般，这也许是因为对它心存的景仰吧！

一条曲折蜿蜒的山径，伸向琅琊山深处。路两旁，古木参天，荫翳蔽日。时值深秋，高高低低、错落有致的树林五彩斑斓。沿路前行，见一水潭，潭水清澈，水流潺潺。溯流而上，见一桥下有石块砌成的方池，方池内有两汪清泉，清泉上方有一清朝石碑，上刻"让泉"二字。原来，这里就是："山行六七里，渐闻水声潺潺而泻出于两峰之间者，酿泉也。"文中的"酿泉"，就是现在的"让泉"，汩汩的泉水不断从两泉相接处溢出，流入下溪，幽泉涓涓，水声悦耳，如环佩叮当。据说，这两汪泉水，一边的泉水少了，另一边的泉水就会补给另一方，因此，取名"让泉"。

经过"让泉"，看见两棵百年醉翁榆，华盖亭亭，后面一道青砖院墙临水而建，院门上"醉翁亭"三字直入眼帘。北宋元祐年间，苏轼时任滁州知州，亲手书写《醉翁亭记》并列碑，从此珠联璧合，"欧文苏字"让醉翁亭更负盛名。

欧阳修在滁州任职两年又四个月，在琅琊山写出了《醉翁亭记》《丰乐亭记》等光耀千古的作品，从而奠定了他被后世尊为唐宋八大家的地位。

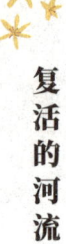

琅琊山、丰乐亭、醉翁亭遂成滁州一景，而醉翁亭名列四大名亭之首，散发着人文光芒，成为滁州一座地标性建筑。

醉翁亭几经毁坏和修复，现留存的古建筑多为清代光绪年间和民国初年营建或修复。醉翁亭建在一块巨石上，东、西照壁下横卧着一块赭色的虎形石，上面镌刻着"醉翁亭"三个红色大字。欧阳修当太守时，常在此眺望琅琊山景，与贤达、雅士饮酒赋诗，因为他自嘲年高，称自己为"醉翁"，该亭自然也就成了"醉翁亭"。

走进醉翁亭，见一花木扶疏的照壁，照壁左上侧刻有一个小巧的月亮门，上刻"有亭翼然"匾额。透过月亮门，可看到有两角飞檐，如鸟儿翅膀在墙的上端展开。拾阶而上，穿过月亮门，是一个不大的院落，院子四周墙体均嵌有石碑。其中有苏东坡手写的《解醒阁记》，此碑旁边则是通往醉翁亭的最后一道门。跨过写有"酒国春长"的门槛，见一飞檐翘角、四面临风、青砖铺地的房子，匾额上的"醉翁亭"三字，仍出自东坡居士。亭外怪石嶙峋，老干虬枝，遮天蔽日。

古梅亭前，是一株虬枝疏斜、苔藓滋蔓的老梅树，虽历千年，仍生机勃勃。相传这棵梅树为欧阳修所植，人称"欧梅"。欧阳修是北宋中叶诗文革新运动的倡导者，他大力提倡古文，批评宋初以来追求靡丽形式的文风，主张文章"明道""致用"。著名的文学家"三苏"父子、曾巩、王安石等皆出自他的门下，《醉翁亭记》与《岳阳楼记》作于同一年。庆历五年（1045年），范仲淹、富弼等推行"庆历新政"失败，欧阳修因上书为他们辩护，又触犯了皇帝和诸多大臣，被贬为滁州知府，第二年作此文。

欧阳修有着老梅般的坚强品格。为政之余，他常站在梅树前沉思，对着林壑芳草，听鸟鸣泉声，饮酒赋诗，抚琴吟唱。如今这棵象征着欧公魂灵的古梅树，苍劲斑驳的躯干，宛若卧龙，茂密的枝叶伸向天空，仿佛在向上苍传达着他的思想情怀。欧阳修爱梅，曾留下"帘幕东风寒料峭。雪里香梅，先报春来早"的佳句，表达了他刚直不阿的精神追求。

与古梅亭咫尺之遥的意在亭，远远看去，四周宽大的芭蕉叶随风摆动。

庭前的青砖地上，有条婉转萦回的小水渠，水流舒缓，清澈见底，这便是"九曲流觞"之处，是古人饮酒赋诗的风雅之地。相传东晋永和九年的农历三月三，王羲之和四十二个文人在绍兴兰亭聚会饮酒。文人们在蜿蜒的溪水旁邻水而坐，并在水上放了酒觞。觞顺流而下，停在谁的面前谁就要赋诗，否则就罚酒三杯，所谓一觞一咏，畅叙幽情。后来，王羲之把这些诗收集起来，并为之作序，由此写下了天下第一行书《兰亭序》。而眼前的曲水流觞则建于明代，比东晋绍兴的要晚许多年。此刻，虽无酒觞随波而来，但有习习清风相伴，徜徉在醉翁亭景区，脑海自然会涌现王羲之与文人饮酒赋诗的那场雅集。

欧阳修本是个前途无量的京官，却被贬到偏远苍凉的滁州当太守，换作一般人，也许会颓废消沉、一蹶不振，欧阳修却不然，他超凡豁达，忘情山水，很快便适应了这里的一切，文人骨子里那种对大自然的向往和热爱，在这里得到了充分的释放。他品茗山野，醉眠山水，无为而治，政绩斐然。表面上的他，纵情于山水之乐，而在他心里，永远寄怀的还是人民和社稷，所谓"居庙堂之高则忧其民，处江湖之远则忧其君"，欧阳修骨子里是个忠君忧民的践行者，他施政讲究宽容和感化，办事遵循人情事理，不苛责武断，不繁缛琐碎，删繁就简，以民为本。因此，他政绩卓著，百姓们安居乐业，他的作为也在滁人心中留下了难以磨灭的记忆。山因人而异，或不鲜见。然而欧阳修为文为政为人之风格品德在琅琊山这片土地，为人称颂，泽被后世。

得与失，福与祸，需要辩证地去看，也正是欧阳修的这次被贬，让他的命运发生了根本性的改变，从此，中国文坛又多了一座令后人敬仰的高峰。

诗意荷塘

在众多花卉当中，我犹爱荷花，它确如北宋文学家周敦颐在《爱莲说》中描写的那样："予独爱莲之出淤泥而不染，濯清涟而不妖，中通外直，不蔓不枝，香远益清，亭亭净植，可远观而不可亵玩焉。"荷花清纯高洁的品格，令人在俯仰之间产生深深的敬意。

荷风送香的盛夏，我和妻来到孟津区会盟镇银滩观赏荷花。走下汽车，踏上通往景区的水泥路，顿觉凉风拂面，荷香阵阵，沁人肺腑，一扫夏日的炎热。这里荷塘一个连着一个，一眼望不到边，恰逢荷花盛开的旺季，走近荷塘，但见荷叶厚实而宽阔，一朵朵荷花，就像凌波仙子，在阳光下亭亭玉立，婀娜多姿，宛若梦境，如若不是身临其境，真不知今昔何昔、今世何世了。

会盟镇北临黄河，南依邙山，境内有数万亩黄河滩涂地，黄河渠贯穿东西。为提升荷花的文化品位，增加对游客的吸引力，会盟镇以"'乡'约会盟、'荷'美银滩，十里银滩玩水、万亩荷塘赏花"为基调，营造更加优美恬静的"世外桃源"氛围，构成"不是江南胜似江南"的田园美景，吸引着纷至沓来的游人。夏日里，正是各种奇花异卉竞相开放的季节，而在那一声声蛙鸣起处的荷塘里，一朵朵清纯优雅的荷花透出别样的情趣与韵味，让多少风雅之士赞叹，使多少浪漫之士动容。这里是荷花的世界，荷花种类繁多，达30余个品种，其中不但有碗莲、白洋淀莲、西湖红莲等错季节观赏的荷花，还有白睡莲、黄睡莲、蓝睡莲、红睡莲、冰娇、彩云、红蜻蜓、富贵莲、友谊牡丹莲、东方明珠、青莲姑娘等，让人大开眼界，叹为观止。这片片绿叶、枝枝荷花，渲染点缀着夏日的荷塘风光，将我们带入诗情与画意之中，使原本浮躁的心灵得到抚慰。

撑着遮阳伞，我和妻向荷塘深处走去，一层层荷叶随风起伏，亭亭玉立的荷花千姿百媚，娇羞欲语，嫩蕊凝珠，盈盈欲滴。凭借水的滋润，千姿百态、争奇斗艳的荷花，用自己的美丽装扮着这万亩荷塘。微风中荷叶轻轻摆动，更衬托出荷花的明媚妖娆，使人恍若置身人间仙境。我们用心感悟着荷叶的律动、荷花的馥郁。好心的朋友递给我们一个饱满的莲蓬，妻剥开一粒莲子送入我的口中，顿感白嫩的乳汁满口流淌，一股清凉醇香沿着唇齿流入心田。古人有闻香识莲的说法，还真有一定的道理。

一朵朵荷花牵动着我的视线，我们撑了一只小船，不知不觉便"误入藕花深处"。我们将船停在荷塘的一隅，这一枝枝亭亭玉立的荷花，有的昂首怒放，色彩明艳，使人迷醉；有的才开了三两瓣花朵，像羞涩的少女；还有的含苞待放，像一双紧紧合在一起的少女之手。几尾小鱼儿活泼地在荷叶下嬉戏，而荷叶上一颗颗晶莹的小水珠，晶莹剔透，令人赏心悦目。那娇美的荷花，使你忍不住会有采一朵的欲望，但当你的手刚刚伸出，便很快又缩了回来，因为她太美了，你是舍不得去采撷的，面对她的圣洁、她的娇艳，你甚至舍不得去碰她一下，生怕玷污了她、亵渎了她似的。在这炎热的夏季里，唯一能做的便是默默地去欣赏她。

在众多的荷花中，我对白荷情有独钟，在一朵白荷前我凝视了许久。她的雍容、她的圣洁、她的仪态，深深吸引了我、打动了我，使我久久不忍离去。景区的导游小李深感不解："很少见到像你这样的游客，看一朵花能看恁长时间？"我笑而不答，丝毫没有怪她，她也许对荷花早已审美疲劳，因此，是很难发现和欣赏到荷花之美的。荷花圣洁而高傲，她根植脚下的泥土，接受太阳的沐浴，站在强有力的茎秆之上，花瓣的细胞里包含着的艳丽色彩，是她对泥土、对阳光最大的回报。

荷花蓬勃上扬的姿态、不事张扬的精神品质，使我得到一种生命的启示。当秋意渐浓，荷花捧出丰美的果实，人们从深深的淤泥和她渐渐腐烂的躯干上，深刻地读懂了荷花的境界，从雨打残荷的淅沥声中，感悟到一种崇高的奉献精神！

不知不觉，天空变得阴沉起来。"要下雨了"，妻话音刚落，雨点就落了下来。我赶忙打开折叠伞，一动不动地注视着身边那朵开得正艳的荷花，真怕她被雨水摧残，因此想着怎样给她以庇佑。可是渐渐地，我发现，在那朵荷花旁站立着的一片偌大的荷叶，竟慢慢地向她靠了过来，用身躯覆盖住了那朵荷花。雨，仍在不停地下着，可是那朵荷花却在荷叶的荫护下不再摇摆，不再惊慌，也躲过了这场雨的浩劫，显得格外妩媚，一张张宽阔的荷叶却无一例外地捧起一团雨水，雨水静静地躺在荷叶中心，软软地晶莹着、闪烁着。而荷花却在雨后的阳光下，轻轻摇曳着美丽。

蓦然，我发现在一朵荷花的下端，有几片枯萎的荷叶，她并不像别的腐叶那般潦倒、那般散乱无助。生命已离她而去，但她却仍倔强地、顽强地站立，她无言无语，心里却憧憬着、期待着那留在湖底的根重新萌发而出，去诠释另一种生命的绽放。悲剧之情可以是哀伤凄婉、悲绝欲死，也可以是悲壮奋发、壮怀激烈，那是一种生命的选择。荷花从盛开的那一刻起，生命的美丽便开始一步步走向凋零，但她从不放弃绽放，"留得残荷听雨声"，这自是一种画境、一种体悟，只要有信念在，有希望在，就有不倒的身躯在，这便是荷花的精神价值。

荷花在人们心目中是真善美的化身，荷花的花形有单瓣、复瓣、重瓣、千瓣之分，且花朵硕大，白的雪白，红的粉红，给人一种富贵的感觉。不论是杨万里描绘的"荷花笑沐燕支露，将谓无人见晓妆"，还是王安石抒发的"柳叶鸣蜩绿暗，荷花落日红酣"，都让我们见识到古往今来的文人墨客对荷花的赞叹。

七月是荷叶生长最旺盛的季节，一片接一片的荷叶，在微风的吹拂下，泛起绿色的波浪，蔚为壮观。在古代诗作中，有很多诗人吟咏荷叶，明朝诗人刘永之诗曰："圆缄初出水，规盖已迎风。"清晨的荷叶，有水珠落在叶面上，风吹过，水珠在荷叶上来回滚动，这独特的现象，常令人驻足观看。诗人们把这种自然现象看作悲欢离合的象征，写出不少赞咏的佳句。如李白："涉江玩秋水，爱此红蕖鲜。攀荷弄其珠，荡漾不成圆。佳人彩云里，欲赠隔远天。相思无因见,怅望凉风前。"荷叶上的水珠,成了感人的风景。是啊,只有花、叶相辅相成,互相衬托,方显示出它的和谐之美。在众多赞美荷花的诗句中,我最喜欢的还是杨万里的"接天莲叶无穷碧,映日荷花别样红",不仅辽阔深远,还蕴含了明月清风般的意境。

  我曾观赏过不少国内名胜景区的荷花,但我更爱孟津会盟的荷花,她们默默无闻地绽放,把美丽、花香留给大地,留给家乡的父老乡亲。虽然欣赏她们的人并不是很多,但她们依旧花开花落、无怨无悔,演绎着生命的美丽。我觉得荷花给予人们的思考,远比她作为植物本身的意义要深邃,如若不然,人们怎么会将她作为清雅纯洁的象征呢!不管怎么说,孟津会盟荷塘,连同这个七月,已被我贮于大脑,定格在我的心灵深处,成为慰藉我灵魂最柔美的一道风景。

夜游龙门

夜幕降临，华灯初放。洛阳成了光的世界、灯的海洋。一条条街道上，五光十色的霓虹灯将城市照亮，一座座立交桥，宛若一道道交相辉映的彩虹，生动、和谐而温馨。这是端午假期的一个傍晚，我驱车前往龙门，去领略她的夜色之美。

唐代大诗人白居易晚年定居龙门香山，他被这里的景色所迷醉，感慨道："洛都四郊，山水之胜，龙门首焉。"龙门的山水充满了灵性，而龙门石窟则是山水的眼睛。她以10万余尊造像惊艳世界，一座石刻艺术宝库和世界文化遗产就镶嵌在伊河两岸的西山和东山之上。龙门两山之间的伊河，千百年来，见证着龙门石窟的沧桑与辉煌。

据龙门石窟金牌导游马丁介绍，为了提升龙门石窟的夜景，龙门园区管委会在山体上精心布置了影射灯光，灯光驱散了龙门的黑夜，织就出万般绚丽景象，让人恍若梦幻之中。

入夜的龙门是清幽雅致、玄妙空灵的。这里水绕山、山环水，徜徉其间，有"一朝步入画卷，一日梦回千年"的时光倒流之感。而白天看去略显古朴的龙门桥，夜晚却恰似一道彩虹飞架伊河东西两岸，桥身的霓虹流光溢彩，吸引了众多流连忘返的游客。

站在龙门桥上，东山和西山均被高亮度的黄色泛光灯所笼罩，橘黄色的灯光向空中飘散，整座山被包裹在一片光晕中。连绵的佛窟像闪烁璀璨光芒的历史长廊铺展在眼前，这条长廊的起点开凿于北魏孝文帝年间，之后连续大规模营造达400余年之久，石窟的造像千姿百态，令人赞叹。此刻，她正期待着与你凝望、交谈。

昼与夜的交替，光与影的变换，千余盏灯饰装扮下的龙门石窟，南北长达一公里的石窟遗存，数以万计的大小佛龛、佛像如电影般完美呈现，置身其中，沐浴其光泽，领略其风采，仿若穿越千年。它惊艳了每一个游者的眼眸，也展开了一幅我渴盼已久的艺术画卷。

耳边一缕缕古典乐曲悠然入心，夜色下的龙门少了白日里的喧嚣和嘈杂，多了几分静谧和恬淡。一切都是那么安静，我们放轻脚步，放松心情，由北向南行走在青石铺就的石路上，左边伊水泱泱，灯光洒在河面上，"半江瑟瑟半江红"。柔和祥瑞的灯带勾画出"香山"的轮廓，灯光照着青色的墙体，崖壁之上的楼阁，飞檐斗拱，若海市蜃楼。右边几潭依山的泉水，温润多情，形态各异，千百年来汩汩流淌。我们穿过龙门桥，沿西山南行，约百米处，见西侧崖壁上一股山泉悬流直下，此泉宽约两米，为一半圆形深潭，行至此，我们不约而同地停下脚步。近前，仰观其倾泻之势，静听其哗哗作响之声，我忍不住用手掬起一捧泉水，洒向空中，空中便有许多珍珠般的水珠落入泉水里。在龙门众多的溪流山泉中，尤以禹王池水势最盛，景色最美。走近禹王池，隐隐听到泉水叮咚的声响，这响声更衬托出龙门的幽静，各种纷扰的思绪悄然远去，一种难以形容的平静由内心悄然滋生出来。"山水本自佳，游人已忘虑。碧泉更幽绝，赏爱未能去。"此情此景，使我蓦然想起韦应物《游龙门香山泉》的诗句来。

伊河岸边，翠绿的柳枝随风摇曳，一条条灯带将漫水桥、龙门桥、夹岸两山和亭台楼阁渲染得诗情画意。灯光倒映在波光粼粼的水面上，为伊河披上了霓裳。

一窟一世界。我们随着导游马丁拾级而上，来到了古阳洞里，这期待已久的梦想如今终于实现。我格外珍惜这难得的机会，从不同的角度去观察、去欣赏、去感受和领略石刻书法艺术之美。古阳洞里，因为有"龙门二十品"中的十九品而闻名天下。白天游览只能在洞外观看，夜间游览则能到洞内近距离观赏古人高超的石刻艺术。

在宾阳中洞、莲花洞，我同样睁大了眼睛，十分珍惜如此近距离接触的机会。看着那些被岁月、被风雨侵蚀了的面庞，我真想伸手去抚摸、擦拭她们，但最终还是打消了这个念头。站在她们身边，我虽什么话也没说，可心却与她们紧紧连在一起。柔和的灯光照亮了万佛洞，我屏息凝神，细细品悟，体验着石窟文化的厚重与深邃。这光与影的龙门、心与梦的石窟，让人思接千载，浮想联翩。我们犹如穿越了时空隧道，打开了一扇扇历史文化之门。

北魏三洞是龙门石窟的精华，多年来不允许游客入内。经过多方长期协商、周密考虑，才决定夜间对游客开放。它以完美的姿态展现于游人眼前，让石窟的佛教文化在夜间大放异彩。

不识石窟真禅意，只缘未游夜龙门。奉先寺里，那尊最有名的佛和那排最壮观的佛，在灯光下栩栩如生，动感十足。抬头仰望，雍容祥和的卢舍那大佛端坐在祥云之上，她面含微笑，凝目注视尘世，眼神中充满了慈爱。卢舍那身穿袈裟，脚踩莲花宝座，祥云缭绕，流光溢彩。这座依据《华严经》雕琢的摩崖式佛龛，将佛国世界充满祥和色彩的理想意境表达得淋漓尽致。加上匠心独运的照明设计、如梦如幻的灯光变幻，使人们再次领略到盛唐气象，仿若置身于神话世界里。从瑰丽的艺术长廊走出来，从佛的世界里走出来，返还到尘世间，有一种似梦非梦的感觉。那种愉悦心灵的艺术享受，只有置身其中才能感受得到。

看不够的夜龙门，赏不够的石窟韵。这大小不一的石窟、神态各异的雕像，在暖黄色灯光的衬托下更加富有魅力。这里，每一个石像，都曾拥有一段辉煌灿烂的历史；每一块石头，都在讲述着一段刻骨铭心的往事；每一尊佛像，都是古代劳动人民的伟大创造。南宋诗人陆游游历龙门，写下了"永怀河洛间，煌煌祖宗业"的诗句。龙门石窟见证了多少王朝更替、时代变迁，也见证了中华民族一路前行的历程。而今，她穿越了千年时光，正焕发出新的容颜，在人们热切期盼的眼神里，演绎着洛阳曾经的荣耀和今世的光华。

第三辑
春上枝头

瑞雪丰年

天气预报说，今晚有雪。上床睡觉前，我推开窗户四处打量，浓浓的夜色将小区笼罩得严严实实，昏暗的灯光下树影婆娑，没见一片雪花落下；只感到呼啸的寒风吹着脸颊，刺骨地冷。我迅速关上窗子，躺在舒适的床上，很快便进入梦乡。

翌日醒来，看见一道白光从窗帘的缝隙间钻进屋里，那光，明晃晃的刺眼，便断定这是雪折射进来的光，凭直觉，我知道昨夜一定下大雪了！拉开窗帘，但见楼下花园里，人行道上，目之所及皆是一片洁白的世界，一阵久违的喜悦拂过心头。

雪，纷纷扬扬从空中飘下，丝毫没有停下来的意思。这漫天飞雪多像一幅时尚的动漫，拭去疫情带给人们的烦躁与不安。雪花手挽着手，肩并着肩，一片片，一朵朵悄无声息地飘落大地，犹如花朵一般盛开在这寒冬季节。我的灵魂深处泛起丝丝涟漪，脑海里浮现出一幕幕温馨而又遥远的记忆……

我从小就喜欢雪，毫无理由地喜欢，喜欢它清雅高洁的纯净，喜欢它曼妙轻盈的洒脱，更喜欢它无私高尚的品格。那一片片美丽的洁白，已悄然融入我的生命，融入我的过去、现在和未来……

不得不承认，雪花有着超乎寻常的魔力。

当入冬的第一场雪降临时，我便会与一群小伙伴投入雪的怀抱。站在雪地里，任一朵朵雪花落在自己的发梢和衣襟上，这空灵洁白的六角形花朵，带给我无法形容的惊喜。雪越下越大，一片片雪花慢悠悠地飘落，像一只只在空中翩翩起舞的蝴蝶；当你伸出手要去接住它的时候，它却瞬间消失在手心里。它从不哀叹生命的短暂，总是努力为人们带来更多的快乐；

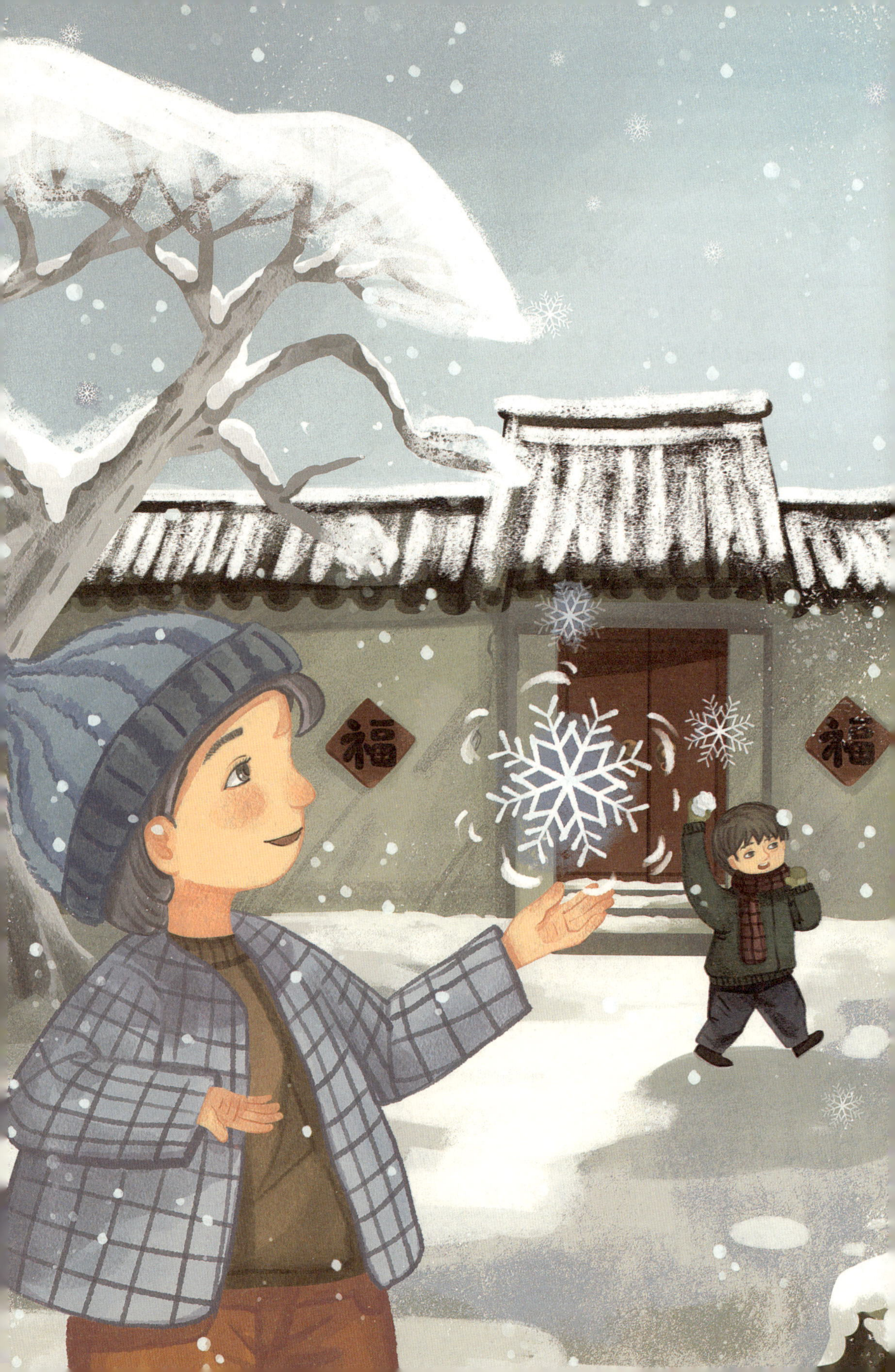
福
福

它从来不知哀愁，每一次降临都为快乐而来，让有限的生命变得多姿多彩。

我们在雪地里肆无忌惮地奔跑欢呼着，玩着各式各样的游戏，最喜欢的是打雪仗。刚开始，我们分成两伙，快速将雪捏成一团，掷向对方。雪团打在对方的身上、脸上，渐渐地大家都成了"雪人"。调皮的小伙伴总是趁人不备，抓一把雪塞进人家的脖子里，逗得大家笑得合不拢嘴。我们的脸和手都冻成了"红萝卜"，但也不觉得冷。大家玩得筋疲力尽，就瘫坐在地上，而笑容却在嘴角盛开，欢笑声在空中久久回荡。清脆的笑声打破了冬日的沉寂。大人们也受到感染，从屋内的火塘边起身，走进漫天雪花里。他们刚开始还端着架子，看着我们在雪地里尽情追逐嬉戏，就再也禁不住诱惑，放下矜持，和我们一起玩耍起来。

儿时的快乐，就像雪花一样简单而又淳朴，遵循着本性的呼唤，让最天真烂漫的时光，与雪花一起绽放。欢笑声中，一切烦恼都被抛到了九霄云外。

大雪的造访，对乡下人来说，是吉祥的兆头。"瑞雪兆丰年"是乡亲们雪后常说的一句话。的确，大雪对改善土壤墒情大有益处。冬天，人们除了储备粮食、蔬菜，还要考虑取暖问题。秋收过后，乡村基本没有农活可做。大地上，繁华落尽，枯草遍野。寒冷的冬天，乡亲们喜欢围着炉火谈天说地聊家常。

爷爷是个闲不住的人，他让我们家的冬天过得温暖而有滋味。那时的乡下还没有蜂窝煤，更别说暖气和空调了。大多数人家里，只好烧玉米芯、芝麻秆之类的取暖。这些柴火不经烧，过不了多久就燃尽了。那时，很多农村家庭因为缺少取暖的材料，只好早早地钻进被窝，早上等到太阳出来才起床，标准的"日出而作，日落而息"。如今，随着国家扶贫政策和乡村振兴工作扎实的有效推进，冬天取暖条件已得到很大改善。大雪带给人们的记忆，不再仅仅是寒冷，雪花为沉寂的季节拉上了最美的幕布。

爷爷一生勤劳，治家有方，在我童年的时候，他为了让家人过好冬天，常常去挖朽木疙瘩，伐树后留下的朽木疙瘩比较耐烧，适合作为取暖材料。

但要想挖出比较大的朽木疙瘩，并非易事，因为树大根深嘛。有一次，我和哥哥随爷爷到旷野，去挖一个很大的柳树墩，从裸露在外的树墩可以看出，这棵树应该有两个人合抱那么粗。爷爷脸上挂着喜悦，先坐在这个树墩上吸了一袋烟，然后将烟灰朝树墩上磕净后，从架子车上拎起镢头，来到树墩前，他用铁锹挖，哥哥用镢头刨。半个时辰过去，树疙瘩依然没有挖出来。此时，北风一阵紧似一阵呜呜地叫着，爷爷停下手中的活儿，抬头看着天，天空由铅灰色转为昏黄色。爷爷自言自语道：大雪已经在路上了。说完，他加把力气又挖了起来。下雪了，雪花落在他的脸上和头上，被他散发的热气很快融化。我看到他脸上的汗水和雪水交织在一起，而大雪丝毫没有停下来的意思，像在挥洒它压抑太久的激情。爷爷从容地一下一下挖着，终于将树疙瘩挖出，并装上了架子车，他这才长长吁了一口气。

　　被雪装扮一新的原野，像一幅纯白的画，更像起伏跌宕的诗行。"麦盖三层被，枕着馒头睡。"大雪覆盖着麦田，洁白雪毯下的麦苗正探头张望着我们。我相信，许有美好的故事将在大雪里发酵，那一蓬蓬绿盈盈的麦苗，正预示着来年的丰收和希望。

父亲写春联

20世纪70年代，我家住在乡下。临近春节，远在千里之外的父亲，仿佛闻到年味，踩着时令节拍，在小年之前，回家与我们团聚。

父亲虽是理科生，业余时间却喜欢阅读写作、挥毫泼墨，多次在单位举办的书法比赛中获奖。

"千门万户曈曈日，总把新桃换旧符"。年三十，人们忙着在门上、窗上、院墙、粮仓、灶台……贴着用红纸写的"喜"字或"国泰民安""人畜兴旺""粮食满仓"等，喜庆气氛遍布千家万户、大街小巷。

父亲毛笔字写得好，每到小年，街坊邻居赶集似的，拿着红纸找父亲写"对子"（那时，农村习惯称春联为"对子"）。

母亲对父亲义务写春联极为支持，她将过年事务全部承担起来。有时，父亲还没吃完早饭，就有乡亲过来。父亲第一时间放下碗，来到桌前，根据门窗大小、数量多少，魔术师般将大红纸拆成大小不一的长方形、正方形，然后用一把带柄的小刀，将折好的红纸裁好，动作娴熟规范，纸张一点也不浪费，让人啧啧称奇。

人多时，本就不大的屋子里显得十分拥挤，来得晚的，就聚在院子里，三五成群，聊天等候。

那时候，好多人分不出上、下联，也不讲究对联内容，只要带上"福、禄、寿、喜、财"等字眼，图个喜庆就行了。

父亲对此有自己的规矩，他常说一副好春联，能给全家人带来平安与欢乐。他把写春联当成一件神圣的事情，投入了极大的热情与耐心。

父亲通过各种途径，搜集整理出厚厚一本"对联集"。有的从报纸上摘抄，有的从收音机里听来，有的是自己即兴编创……不同的家庭，对联的内容各不相同：宣传国家方针政策、祝福家庭和睦兴旺、期盼来年风调雨顺、祝愿老人体健长寿、希望孩子学业有成……那朗朗上口、意蕴深长的对联，至今想来仍觉甜蜜温馨。

父亲长年在外地，对乡情却了如指掌。写春联时，他会结合每个家庭"量身定制"，家里有几口人，多少间房，谁家儿子今年参军，谁家女儿明年考大学，他都"明察秋毫、心如明镜"。乡亲拿的红纸不够时，他会吩咐我从家里拿来红纸，确保乡亲满意而归。父亲兴致好时，会利用短暂休息时间，挺直腰身，转动一下脖子，抑扬顿挫地诵读对联，讲述其含义。大家听后交口称赞，父亲颇有种自豪感，仿佛凯旋的将军，露出一副得意的神情！

我常站在父亲旁边，目不转睛地看他写春联，帮他按纸，并把写好的春联移到地上晾晒。总感觉那时的红纸很纯粹，摸上几下，指头便红红的，父亲蘸满墨汁的毛笔在红纸上面龙飞凤舞，方寸之间既富神韵又饱含喜庆。

满院的春联红红火火，映红了乡亲们的笑脸，温暖了每个人的心。淡淡墨香弥漫了整个小院。

有的大人忙着备年货腾不开手，就打发孩子举着红纸找父亲。父亲会根据这家的情况"量体裁衣"，晾干后卷好，嘱咐孩子小心带回家去。

写春联拉近与乡亲的距离，增进彼此感情，父亲充满自豪并乐此不疲。除夕那天，放眼望去，家家门前贴的对联，如同冬日里一团团火焰在跳动，善良利他的种子也埋在我的心底，悄悄生根发芽……

新春佳节，走村串户，看着父亲写的春联，满满的幸福感油然而生。街道上，乡邻们热情地和父亲打着招呼，喜悦洋溢在每个人的脸上。一年又一年，我在父亲手写春联的过程中，度过难忘的岁月……

　　时过境迁，如今，印刷体春联随处可见，它款式新颖、字体灵活、配图美观、色彩艳丽，却难入我的法眼。我仍难以割舍父亲手写的春联，怀念那沁人心脾的墨香，怀念那邻里的乡情，怀念写对联时的那种氛围。

迎春花开第一枝

时令已进入甲辰年的第二个节气"雨水",中原大地一场大雪却不请自到。

这是春天里的第一场雪,踩着春的前奏,大雪再次降临人间。其实,最初感觉这场雪并没有天气预报的那么大、那么久,先是噼里啪啦一阵接一阵的雪粒子,热闹喧嚣了一番,临近傍晚,看了一下天空,感觉这雪似有停下来的迹象。

翌日清晨,我站在窗前,隔着窗玻璃好奇地向外张望,窗外一片洁白的世界,这雪好像在和人捉迷藏,睡梦中,它神不知鬼不觉地从天而降。昨晚的一场大雪,将大地装扮得银装素裹,尤其是楼前的花草树木,一改冬日枯燥的容颜,像被白玉雕琢了一般。

"雨水"节气已悄无声息地到来,雪,也赶在这个时候落下。春节过后,气温一直走低,刮过的北风,寒冷刺骨,我待在屋里,尽可能地减少外出。

早饭后,我站在窗前继续观察天气的动向,很小的雪,依旧不急不徐、缓缓地下着,如果不留意,几乎很难发现外面在下雪。过了中午,天色貌似有些放晴,可没想到这是铺垫,下午两点,铺天盖地的大雪便飘落下来,一片连着一片,漫天飞舞,蔚为壮观,没有半点停下来的意思,看来,这雪绝不是在走过场,也绝不是在春的面前秀一把,它是认认真真地在下,而且下得慷慨激昂,酣畅淋漓,我自然不会辜负了雪的这番美意,便迎着风雪走出家门,乘地铁来到隋唐植物园,我暗自猜想,那里的迎春花一定盛开了吧?

一场大雪,让隋唐植物园银装素裹,厚厚的白雪,勾勒出的道路、河流、廊亭屋檐以及花草树木,宁静而略显神秘,宛如一幅水墨丹青画,给人一种清新雅致的感觉。雪,成了这里唯一的主角。我一边行走,一边观看着园中的景色,偶尔,我会转过身,好奇地打量我留在雪地里,那一行行深深浅浅的脚印,看着它如何被大雪一点点地抹平。这是我儿时惯常的游戏,每次从洁白无尘的雪地上走过,我总喜欢回头看看身后留下的印痕。

终于,我来到滴翠湖东北岸边,这里有大片大片的迎春花,踏着时令的节拍,迎春花从高处的坡上垂落下来,远远看去,一朵一朵迎春花宛若天幕上金色的星星,虽然开得并不繁盛,但她们没有辜负使命。她们手牵手,肩并肩,开在雪花飘飘、春寒料峭的时节,那长长的枝条由高而低自然地垂落,如少女披肩的长发,为沉睡的大地,带来一派盎然的春意。

这里的迎春花,有的已全然开放,繁花密蕊,璎珞纷呈,如璀璨的金星缀满枝头,灿烂的颜色带给人们一种温暖的感觉,喇叭形的花朵,仿佛在吹奏着春的序曲;有的半开半放,好像矜持地抿嘴浅笑的少女;有的生机初露,枝条上一个个泛着一丝丝青绿的小花苞稍稍鼓起,正积蓄着力量,在心底萌动着对春天的爱,期待早日融入春天的大合唱。

她从雪中醒来,尽管雪压枝头,却昂首挺立,难怪古人说她:"金英翠萼带春寒"呢!一个"寒"字,道出了迎春花"不随桃李一时开"的孤傲性格,令人赞叹。

"绊惹春风别有情,世间谁敢斗轻盈",即使寒风料峭,冰雪交加,她依然盛开,开得如此投入,如此忘我,那柔柔的黄,在雪的映衬下格外鲜艳。

她不在乎有无蜂蝶的探望,也不介意有没有人前来观赏,她用心用情用行动,用金灿灿的花朵去迎接春天。这金灿灿的花,仿佛一颗颗闪烁的小星星,让我阴郁的心情,"嚯"地一下敞亮起来……在心底涌动出一丝丝盎然的春意,经过整整一冬的"天寒色青苍"的日子,谁不盼望着姹紫嫣红、温暖和煦的春天早日到来?迎春花却让我提前看到了春天,看到了希望,她仿佛给我注射了一针强心剂,一扫心中的阴霾,让我的身体内充盈着激情与活力。

蓦然想起北宋名相韩琦笔下的《迎春花》:"覆阑纤弱绿条长,带雪冲寒折嫩黄。迎得春来非自足，百花千卉共芬芳。"迎春花不仅凌寒而开，更有广阔胸襟。它虽然枝条纤弱、花色娇柔，却风骨棱磳，而且从不自满，气定神闲，从早春一直开到百花齐放。迎春花实至名归，她对得起她的名字，她的称谓。

  沿着花径，我来到一片被雪覆盖着的迎春花前，用手轻轻弹落枝条上厚厚的积雪，仔细打量着一根根瘦弱的、纤细的枝条，尽管枝条上的迎春花开得不大，更无绿叶的陪衬，但她们盛开在雪花飘飘的初春里，称得上是真正的东风第一枝。

  不知不觉中，雪，渐渐停了，阳光悄无声息地洒落下来，空气中一缕缕暗香飘过，而落在迎春花上的积雪，也渐渐地在消融。风轻轻吹来，花朵微微颤动，此刻，仿佛每朵花儿都荡漾着微笑。我赞美迎春花的品格，欣赏她毫不炫耀的气质，更欣赏她"俏也不争春"的豁达。她从不与百花争艳，当人们看到迎春花悄然绽放，就知道，那个万紫千红的春天离我们不远了。她竭尽所能，开出春的序曲，以笃定的姿态迎接春天的到来，用她那纤细的身躯和微小的花朵，第一时间向人们报告春天的消息。

  此刻，我仿佛已经听到春天的脚步声，春姑娘正袅娜地向我们款款走来，一个万紫千红、草长莺飞的春幕正在被掀开。

这里，繁衍诗和爱情

毕竟西湖六月中，风光不与四时同。
接天莲叶无穷碧，映日荷花别样红。

一

在西湖，我被杨万里诗里的西湖和眼前的景色所陶醉。徜徉其间，仿若置身画中。

浓密的垂柳倒挂水边，当柳梢轻轻拂过水面，浅浅的涟漪便在湖面颇有韵致地荡漾着。荷，有的已经盛开，有的含苞待放，细高的茎杆伸出碧绿的水面，像亭亭玉立的少女。

西湖是杭州的一泓碧影，千百年来，倒映成文人墨客心中颇负盛名的精神栖居地。这里是百姓口中家喻户晓的传奇发生地，也是产生爱情、繁衍诗歌的绝佳之地。白娘子和许仙于断桥相逢，在雷峰塔写下传奇终章；梁山伯与祝英台三年同窗，长桥十八里相送；杭州钱塘人林逋对西湖情有独钟，他终身未娶，晚年以女性口吻创作的《长相思》，表达了隐匿在他心中的几多伤感，这情深意切的别离画面，读来让人心弦颤动："吴山青，越山青，两岸青山相送迎。谁知离别情？君泪盈，妾泪盈，罗带同心结未成。江边潮已平。"

西湖一碧如洗，才子佳人云集，爱情故事与传说俯拾皆是。眼前的这座"慕才亭"，便是南朝齐国钱塘人苏小小之墓。苏小小是当时非常有名的歌妓，她虽在风月烟花之地，却品格高洁，"出淤泥而不染"，亭上有楹联一副："湖山此地曾埋玉，风月其人可铸金。"为我国文学巨匠茅盾先生所题。此刻，我仿佛看见苏小小衣襟荷香，低吟浅唱着从西泠桥畔款款而来，"妾乘油壁车，郎骑青骢马，何处结同心，西陵松柏下。"她婉丽的容颜带着几分忧伤,面对一见倾心的阮郎,却只能成为她生命里的过客,繁华如梦,岁月易逝,多少回灯光挑尽不成眠,高楼望断人不见。在这里,她将唯一的心事掩埋,歌断苏魂去,风流过后香消玉殒,一代红颜最终也未能摆脱宿命。

西泠桥、断桥和长桥并称为西湖三大情人桥。断桥在白堤的堤口,人流络绎不绝。在这里,曾经上演了一出许仙与白娘子美丽的邂逅;"梁祝的十八相送"应该是长桥的最好代言;西泠桥因为古时有水从桥下流过,"泠泠"作响因而得名。在西泠桥不远处,是中国民主革命、妇女解放运动的先驱秋瑾之墓。墓高 211 米,汉白玉塑像高 2.7 米,墓碑上有孙中山题字"巾帼英雄"。这位女英雄牺牲后,遗体先是草葬于绍兴卧龙山,后来又移到严家潭,现在这座墓是 1981 年第 10 次变迁后修建的。英雄几经波折,终得安息,因为秋瑾曾有遗愿,死后"愿与岳飞为邻",后人就遂她心愿将她的遗骨掩埋于此。

白娘子和许仙断桥相会,情定西湖,从一把油纸伞到相识相知相爱,坚定执着的爱情感动了多少尘世间的男女,她想要做一个凡人,却困难重重,直到她的真情感动了上苍的那一刻,雷峰塔倒了,妇道的枷锁断了,爱情才得以自由。

梁山伯与祝英台的化蝶故事,同样让人惊叹,让人惋惜。"同窗共读整三载,促膝并肩两无猜。十八相送情切切,谁知一别在楼台。楼台一别恨如海,泪染双翅身化彩蝶,翩翩花丛来。"梁山伯与祝英台十八相送难舍难分,当英台纵身一跳,绝尘而去,刹那间,尘世间的种种爱恨情仇,化作了西湖岸畔的烟雨蒙蒙。长桥流水细无声,似为梁祝在哽咽。从此荒芜的红尘路上,不见了十八相送,不见了在万松书院求学的这对郎才女貌。长桥上留下的那份真情,融入湖水,散入湖烟,化成了凄美的千古绝唱。

二

西湖,是一幅巧夺天工的天然画卷,赏心悦目,精妙绝伦。细细的柳

复活的河流

丝随风摇曳，如烟似雾碧浪荡漾，柳荫深处，莺啼清脆，无论是这里的居民，还是来去匆匆的游客，无不为它的美景所倾倒。"欲把西湖比西子，淡妆浓抹总相宜。"置身于此，我想到了古代曾经在杭州任职并造福杭州的两位诗人：一位是唐代的大诗人白居易，另一位是北宋著名诗人苏东坡。历史上，在杭州当刺史的不乏名人，但最受杭州百姓拥戴的，当数白居易和苏东坡了。他们不但在杭州任上留下了叫后人缅怀的政绩，而且流传下来许多描写杭州西湖美景的诗词文章与传闻逸事。

　　唐代大诗人白居易一生为官，宦海沉浮，其中有一个让他魂牵梦绕的地方就是杭州，白居易在杭州做了三年刺史，在这不算短的时间里，他给杭州留下了上百首诗歌。他的《钱塘湖春行》是人们所熟知的，描绘了西湖旖旎的春光以及万物在春光沐浴下的勃勃生机，同时也将诗人陶醉在这良辰美景中的心态和盘托出，使人在欣赏西湖醉人风光的同时，不知不觉深深地被作者对春天、对生命的挚爱之情所感染。诗言志，词言情。我们从白居易诗中，能深切感悟到诗人对西湖的真挚情感。

　　另一位诗人苏东坡，曾两次到杭州为官，熙宁四年，也就是公元1071年，苏东坡第一次到杭州，任杭州通判，是位在知州官以下的地方官。18年后的元祐四年，也就是公元1089年，苏东坡再次到任杭州知州，在他到杭州任职的日子里，大部分与"水"有关，在杭州任上，他最大的政绩是兴修水利。

　　上任后，他深入百姓了解民情，勤勉工作。茅山、盐桥两大运河和杭州西湖中的污泥淤积得很深很厚，当洪水季节来临，他就会带领大家一同参与治水和治污，西湖湖心里面的淤泥沙石最多，放到哪儿呢？苏东坡一时也感到束手无策，猛然，他突发奇想，若在西湖两岸的中部，就地利用治污和淤泥的沙石，垒成一道长长的湖堤岂不更好？这样，不仅解决了湖中心淤泥沙石无处存放的问题，同时也解决了东西两岸百姓往来不便的问题。湖堤上亦可栽种花草树木、修筑小桥等，可谓一举多得。经过百姓们的努力奋战，不仅淤泥得到治理，西湖湖堤也顺利筑成。百姓们为了纪念苏东坡，便将西湖的湖堤取名为"苏堤"。由此可见苏东坡与杭州老百姓的深厚情谊。

美丽的杭州对才华横溢的苏东坡情有独钟，而西湖更是以它那婀娜多姿的景色，给诗人以创作灵感，苏东坡为西湖的山水赋予了潇洒飘逸的灵性，留下了歌颂西湖的千古绝唱。他在《饮湖上初晴后雨二首》其二中，既赞美了西湖"水光潋滟"的明媚之美，又欣赏了烟雨绵绵中"山色空蒙"的神韵，进而将它比作春秋时期越国美人西施，尽显对西湖景观的由衷喜爱：

水光潋滟晴方好，山色空蒙雨亦奇。

欲把西湖比西子，淡妆浓抹总相宜。

该诗寥寥四句，却写出了西湖的精髓，西湖就如那吴越时代的美女西施，淡妆粉黛也好，浓妆唇眉也罢，都不能增减它那靓丽中的妩媚；不管晴空艳阳，还是和风细雨，西湖，都无时不在展示着它那别样的韵味和另类的风情。

复活的河流

一眼，便是永远

第一次见到青海湖，是1977年的早春。父亲在家乡休完春节探亲假，带我从洛阳乘坐列车来到西宁，在西宁短暂停留了几天后，与单位其他返程上班人员一起乘坐大巴车，向格尔木进发。当时，父亲所在的铁路设计院，在青海格尔木，负责青藏铁路的勘探设计，我随父亲在格尔木上了一年中学。这是我第一次走出故乡。汽车在由西宁前往格尔木的青藏公路上奔跑着，公路上，汽车和行人很少，路两边白雪皑皑，气温比内地明显要低许多。

大巴车飞快地向前行驶着，几个小时过去了，车上有的人昏昏欲睡，而我却一直很亢奋。突然，车内有人惊奇地喊了声：快看，青海湖。大家的目光纷纷转向汽车的一侧，父亲指着窗外告诉我：这就是青海湖了。

我曾多次听父亲讲过青海湖，然而，当我真正见到它，心里仍然感到一种前所未有的震撼。善解人意的司机，将汽车缓缓停在离青海湖最近的公路边，大家纷纷走下汽车，迎着寒风领略她的绰约风姿。我站在离青海湖百米远的公路边眺望：远处水天一色，青海湖隆起高高的胸脯。蓝色是青海湖的主色调，而这蓝，又是如此丰富，颇富有层次感，碧蓝、淡蓝、深蓝、宝石蓝，各种蓝叠加在一起，有序地与远处的雪山和蓝天相接，惊诧得我半天说不出话来。

这一眼，便是永远。从此，青海湖深深镌刻在我记忆的深处。

今年夏天，我乘坐"复兴号"高铁，由西宁前往德令哈参加"第四届海子诗歌节"，高铁奔驰在广袤的青藏高原上，过了日月山，便进入青山叠翠、绿茵含情的草原，"犹抱琵琶半遮面"的青海湖若隐若现。车窗外，"天苍苍，野茫茫"，星星点点的牦牛散布在碧绿无垠的草场上，怡然自得、乐而忘返；羊群就像一朵朵白云散落在草原上，给广袤的大地增添了无限生机和活力；青海湖周边，一大片一大片金黄的油菜花，争奇斗艳、迎风摇曳，把高原牧区装扮得花团锦簇，分外妖娆。

海子诗歌节圆满落幕后，我们一行人驱车专程来到青海湖，近距离感受她的静谧和美好。

远远地，一片湛蓝的湖泊跳入我的眼帘，接着是一大片辽阔的湖泊逼近我的视野，我兴奋地差点喊出声来。

我终于站在心驰神往的青海湖边，为了这一天，我等了45个春秋，由青年步入中老年，而你却从未改变，依然如一位仪态万方、倾国倾城的妙龄佳丽，令人怦然心动，让人心摇神旌。

我凝望着青海湖，看着那些掠过天空的飞鸟，恍若在梦境中一般。这一汪生动而又蕴意深邃的蓝色湖泊之上，是湛蓝的天空，天空上挂着片片白云，这白云看上去水浸浸、软绵绵的。极目远眺，烟波浩淼的青海湖水天相连，澄澈碧透，波光粼粼，让人分不清哪是湖，哪是天。"湖水是你的眼神，梦想满天星辰……"这让人沉醉、让人遐想的湖水，演绎着别样的传奇。湖面上，银白色的海鸥自由自在地凌空翱翔，不时发出"嘎嘎"的叫声；站在清澈、湛蓝色的青海湖岸边，我看到水中成群的鲤鱼与岸上的游人亲密互动。我买了两袋鱼食，刚走到湖边，就看见水中的鱼儿像是有特异功能，纷纷向我游来，我将鱼食撒入水中，喧闹的鱼儿争相品尝，然后摆着尾巴满足地离去。

游览青海湖不看鸟岛是一大憾事。鸟岛位于青海湖的西北部，面积不到5平方公里。在这个弹丸小岛上，春末夏初却栖息着10万多只各种鸟类，数目之多，密度之大，全世界罕见。导游说，这些鸟儿每年三四月间，从万里之外的南方和东南亚等地成群结队来到这里生息繁衍，七八月份便又踏上归程。在这里，斑头雁、鱼鸥等众多鸟类在这里居住、繁衍。这些鸟中，数斑头雁最为矫捷，日飞行可达500公里，高度在8000米以上，令人惊叹。

这些鸟儿来到这里后，便开始忙着筑巢，忙着紧张的新生活。它们将靓丽的身影写在天空，构成了一幅幅动态的精美画卷；一声声婉转动听的鸟鸣，驱走疲惫和烦恼，令人心旷神怡，宠辱皆忘。

我举起随身携带的望远镜观看：它们有的引颈高歌，有的尽情舞蹈，有的从高空俯冲下来捕捉食物，有的摇头摆尾，有的交颈喁喁私语，还有的带领幼鸟在悠闲漫步……

这幅绝妙画卷，为广袤的青海湖增添了无限生机。这些鸟儿，不远千里、万里来到这里，尽情享受着青海湖带给它们的幸福时光，让自己的爱情和高原的鲜花一并绽放。它们用心寻觅佳偶，精心抚育着自己的孩子，逍遥自在，乐不思蜀。

令我不解的是，为什么这么多的鸟儿，非要赶这个热闹，偏要挤在面积并不算大的鸟岛上？带着这个疑惑，我询问了导游。原来，这里除了环境适宜鸟儿生存外，还有一个可供鸟类维系生活的科学食物链。鸟岛位于布哈河旁，水面上有20多种营养丰富的浮生植物，这些藻类植物是青海湖鳇鱼的理想食物，而鳇鱼又是很多水鸟的美味佳肴。此外，鸟岛地温高，岛上有几眼清泉，因此，每年4月间成千上万只候鸟，便在这里筑巢造窝，繁育后代。到了秋天，它们便带着新生的后代，纷纷飞向南方过冬……

这些活泼可爱、惹人爱怜的精灵，让我陷入了沉思：鸟儿是人类的朋友，我们一定要善待大自然，给鸟儿一个蓝色的天空，一个绿色的草地，一泓清澈的湖水……

寻芳撷香

拂晓的鸟鸣，将我唤醒。打开窗子，阳光闪电般涌进房间，这明媚的春光，是世界上最廉价也最昂贵的，我心平气静地接受着阳光的沐浴，享受着这份恬静和闲适。

春天是在毫无征兆中悄然来临的。几天前还寒风凛冽，没想到一场春雨过后，人间已春意乍现。风，变得柔和起来；太阳，也由苍白变得明媚。一时间世间万物也生动了起来。

春天是适宜出游的季节，恰在此时，接到好友下午去隋唐植物园踏青的邀请。

春姑娘像一位神奇的魔术师，轻轻地挥一挥衣袖，冰雪便从人们的视野里悄然消失；蛰伏的小草，纷纷探出头来，好奇地打量这熟悉而又陌生的世界。植物园中，连翘花将周身染成金黄；沉睡的花儿们也纷纷醒来，用千姿百态的美，让春天变得妩媚多彩起来；路边一条条嫩绿的柳枝，掩饰不住内心的喜悦，轻盈地在空中舞蹈。"阳春布德泽，万物生光辉"，春风十里，花事烂漫，隋唐植物园里不经意间已是春色满园。最开心的要数孩童们了，他们身穿五颜六色的服装，在草地上奔跑、嬉戏。有的踢球、有的捉迷藏，还有的在草地上放着风筝……这是春天才有的喧闹的景象。

"寒雪梅中尽，春风柳上归。"总觉得春天的第一抹新绿，是从柳梢开始的。徜徉滴翠湖畔，绿水在微风中荡漾，水鸟在天空上翔飞，岸边柳树上，长长的嫩绿的柳枝轻柔地垂下，若万千飘动的绿色丝带。那柳丝低垂着，轻轻撩拨着水面，一副羞怯的样子。垂落着的柳条上，点缀着无数的新芽、新叶，瀑布般倾斜下来，如少女柔顺的长发，微风一吹，便尽情地舞动起来。滴翠湖畔，亭廊檐角，不论是堆粉砌云的花，还是莺啼声处的垂柳，好一幅春天的写意图。

在滴翠湖的一侧，隐隐绰绰有一大片晚霞般红色的花。我知道，那一定是桃花了，桃花是美的象征，人们用桃花来表达对幸福的期待和向往。

远远地，隐约看见桃园里人影晃动，一阵阵的谈笑声，在天空飘荡。虽然，那声音飘飘渺渺，却更有雾里观花的感染力。我们加快脚步，刚走进桃园，见几只鸟儿扇动着翅膀飞上了云天，想必是被我们的莽撞惊跑的吧？

桃树下，许多赏花的人，有几位红男绿女格外引人注目，他们以桃花为背景摆出各种造型拍照留影，完全将自己融进了春色里，成为春天的一部分。一幅多么鲜活温暖的春天的剪影。

不得不承认，我是被桃花吸引过来的。这里的桃树属观赏型，树身不高，枝上一抹嫣红仿佛娇美女子面颊的胭脂，惹人怜爱，让人心动。春风轻轻一吹，桃花就一朵朵、一簇簇、一树树开起来了，开成了如锦似霞的桃花海。花香在空中弥漫，流入你的肺腑，浸入你的肌肤，使每一个观赏者为之沉醉。春风含深情，桃花解人意，就这样，桃花与赏花的人们一起含笑在春风里。

最活泼的当数鸟儿们了，它们从这个树枝跳到那个树梢，又从地上飞到空中。一边蹦跳，一边叽叽喳喳地鸣唱着，听着百啭千回的鸟鸣，心头的喜悦洋溢在眉梢。"等闲识得东风面，春上枝头鸟归来"。鸟儿的回归，让人心情愉悦，我知道，它们在用另一种形式为春天雀跃欢呼。在这里，有一种小鸟，我以前从未见到过，它通身黄色，毛绒绒的，橙色的小爪子紧紧地抓住树枝，两只亮晶晶的小眼睛，不停地四周张望着，尖尖的小嘴一张一合，牵引着我的视线。

"似曾相识燕归来"，身着乌黑发亮衣服的小燕子，扇动着一双俊俏的翅膀，翘着剪刀似的长尾巴，翩跹于枝头，它们应该刚度过了几个月的假期，从南方飞回北方，让人有种久违的感觉。

"春天万物可入目，亦可入腹"。与我们一起踏春的几位女士，当发现树下有许多嫩绿的荠菜，眼睛一下亮了起来，荠菜不需要特殊的阳光和水

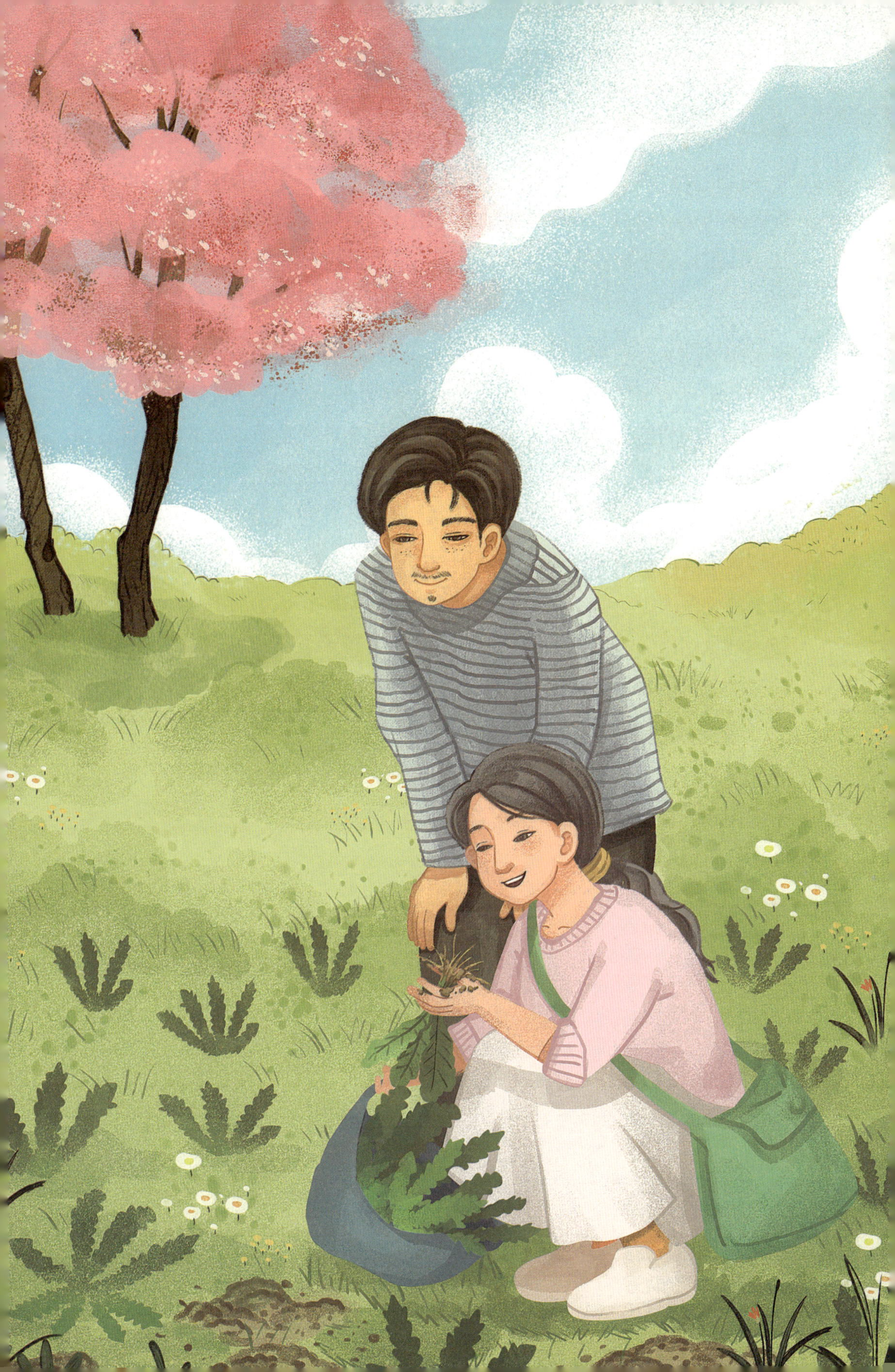

分，它与春天的步伐始终保持一致，同行的女士们忙碌起来，妻子是个挖野菜的行家，她每挖到一株荠菜，总是先抖落荠菜身上的泥土，然后再装进塑料袋里，起初，妻子手中的袋子被风吹得哗哗响，随着袋子里荠菜的增多，塑料袋便稳稳坐实在地上，风，再也奈何不了它了。

  荠菜带着泥土的芳香，富含丰富的维生素、微量元素、各种氨基酸不饱和脂肪酸等营养素。具有利尿消肿、明目止血的功效，营养价值和药用价值都很高。它既可生吃，也可将其包成饺子、馄饨。而我最喜欢吃的，是妻子做的猪肉荠菜饺子。她先将荠菜用清水冲洗干净，焯水后，将水分自然沥干，再将剁好的五花肉、香葱、生姜，以及食盐、生抽、老抽、蚝油、白胡椒粉、食用油取适量放入盆中。顺时针拌匀，猪肉荠菜馅就调好了。再把饺子皮的材料倒进面盆里，用筷子搅拌成面絮，下手和成光滑的面团，盖上盖子醒面半小时。面团放在案板上搓成长条，切成小剂子，擀成饺子皮，包入适量猪肉荠菜馅，捏成饺子，便可烧水煮饺子了，等饺子都漂在水面上，还要加三次冷水，等饺子再次浮出水面，就可以捞出来大口朵颐了。

  在春天，你只要走出家门，不仅可以踏春、赏春，运气好时，还能把美味采撷回家，把笑声和不一样的生活采撷回家。从视觉到味蕾，春天一直会深入到你的灵魂深处。

遇见白玉兰

我是在不经意间,看见那棵盛开的白玉兰的。短短几天的时间,白玉兰竟开得这么热烈和奔放。

那天下午,我外出归来,途经小区花园,忽见一树晶莹洁白的玉兰花,兀自吐露着优雅的芬芳。那一树晶莹洁白的玉兰花,如冰雪雕饰而成,让我沉郁一冬的心情,瞬间舒畅明朗起来。

玉兰花又名望春花。望春的意思是春天还没到来,万千花木还在梦寐待醒或睡眼惺忪的时候,玉兰花便亮明身份,进入她的高光时刻,同时,也把"春"给望来了。

每年惊蛰,小区里、街道边、公园中,一树树玉兰花舒展花蕾,在离地面数米的高空,熙熙攘攘地绽放,她花色如玉、凝脂停云,尽情拥抱着春天的阳光,将那些曾经的艰难曲折,化作欣喜和感动,硕大的花朵,片片花蕊直立向上,朵朵花瓣白得透亮,在春寒料峭的风中摇曳生姿。盛开的花朵,充满了对春的绵绵情意和对未来的丝丝渴望。在描写春天优美风光的诗词佳句中,"杏花春雨"是古往今来最常见的词语之一,数百年来脍炙人口。因此,人们习惯称农历二月为"杏花"或"杏月",但在我看来,如今,许多城市的早春,最喧闹的花品并不是杏花,而是玉兰,又称白玉兰、玉堂春等。

"素面粉黛浓,玉盏擎碧空。何须琼浆液,醉倒赏花翁。"在这乍暖还寒的早春,一朵朵玉兰花风姿绰约、楚楚动人,优雅宁静地绽放着,站在树下,我仿佛听到花苞绽放的声音。白玉兰温润纯洁的花朵,在空中散发着丝丝缕缕的清香。她从不取悦和逢迎别人,也不期望蜂蝶鸟雀的光临,独自将感恩和深情演绎给大地和蓝天。她无须绿叶的扶托,湛蓝的天空,是她辽阔的背景；她也无须花草的陪衬，宽阔的大地，就是她的舞台。

我常到小区花园散步，这是我多年养成的一个习惯，雨水前后，每次途经玉兰树下，总会抬头打量一下这棵玉兰树，她昂首挺立在众多矮小的植物中，初看和其他树木没什么区别，光秃秃的枝干伸展向上，仔细观察，你会惊喜地发现，她的枝上已冒出毛茸茸的芽，那微微突起的芽是花芽，跟树枝颜色非常接近，若不仔细留意，是不易发现的。

接下来的一段日子里，玉兰树可谓一日三变、幻化惊人，先是玉兰树的绒毛渐渐破壳，将卷曲着的花芽顶出，花芽伸伸腰，一副刚睡醒的样子，她缓缓睁开眼，伸开手臂，皱皱的花瓣爆棚似的炸开，白色的叶片已渐渐铺展开来，有几朵花已急不可耐地盛开，空中萦绕着丝丝缕缕的花香。

玉兰花开，春天已经到来。

春天的温暖也取代了乍暖还寒。

恰在这时，我接到一个笔会通知，外出了几天。幸运的是，我没有错过花期。我常常会走近她，欣赏她，享受这花带给人间的和谐和温情，心中常常涌起一种幸福的喜悦。

白玉兰很耐看，她是一种能够让你凝视许久，也不会使你感到审美疲劳的花。多少次，我凝视如绢似纱、如锦如缎的白玉兰，那在枝叶间若隐若现的白玉兰，她飘散的花香是不用你靠近去闻的，"着意闻时不肯香，香在无心处。"

蓦然想起宋代曹组的《卜算子·兰》里的这句词来。那带有玉兰花香的风，淡淡地在你的鼻尖萦绕，此时，心中原有的那些俗尘往事，便在花影摇曳间，倏忽消散。

白玉兰的美，美在花色，如池塘的白莲，纯洁而温润；美在品质，惊艳而朴素，静心怡神般安静，无一丝娇贵之气；美在花香，她清幽淡雅，一丝令鼻腔舒适的淡淡的香馨，让人为之陶醉。群芳谱上，没有任何一种花品能像玉兰这样既有一种冰清玉洁的高冷，又有一份绚烂喧闹的热情。而我认为，玉兰花还美在她开放的时节，她给人带来的视觉冲击力，是强烈和震撼的,往往不经意间,给你带来一份惊喜和感动。她不同于梅花的冷艳、桃花的妖娆,更不同于牡丹的雍容华贵。她开在料峭的早春,卓尔不群,尽显风流,有着几分凛然的傲气。

玉兰花的花期是短暂的。

花开花谢,是大自然的一种常态。那一片片花瓣,若春燕剪翼,从枝头从容落下,轻盈又厚重,构成一幅凄美的图画。我小心地绕过花瓣的空隙,来到树下,生怕一不小心踩疼了她们,我知道,凋谢的花瓣,也是有灵魂和感觉的。恰在此时,一片玉兰的叶片落在我的身边,我弯腰捡起这瓣落花,放在手心仔细端详,那微微卷曲的花瓣,与我的手掌差不多一般大,她的叶脉间,分明还有汁液在流淌,但她却主动辞别枝头,没有一丝凄戚与眷恋,我不由得对玉兰花生出几分敬意来。

玉兰花曾经芬芳过、美丽过,我爱白玉兰,爱她独自灿烂的孤勇和悄无声息魂归泥土时的那份从容。

片片落花,微笑着扑向大地的怀抱,她把淡雅幽远的香气藏在身后;把生命的厚重留给花儿落下的枝头;她腾出空间,让万木争荣的春意在枝头呈现;让繁华与锦绣在接下来的时光中尽情地舒展。

今夜我在德令哈

在我国，因诗文而闻名的城市及风景名胜俯拾皆是。登武汉黄鹤楼，便会吟诵"日暮乡关何处是，烟波江上使人愁"；来到扬州，"孤帆远影碧空尽，唯见长江天际流"会涌上心头；一首《枫桥夜泊》，让人记住了姑苏城外的寒山寺；《滕王阁序》《岳阳楼记》《登鹳雀楼》《黄鹤楼》，诗文佳作与名楼交相辉映，成为无数游人魂牵梦绕之地。同样，当代诗人海子的一首《日记》，让青海西部的高原小城德令哈，成为人们心中的"诗和远方"。

很荣幸，我受邀参加了"第六届海子诗歌节"。德令哈距离古都洛阳1600多公里，是个相对遥远的西部城市。说它遥远，是指时空距离；而说它较近，则是因为海子的诗歌，拉近了人们与它的距离。

会期前一天，我从洛阳龙门站乘坐6个多小时高铁，抵达省会西宁时已是华灯初上。次日8时许，我换乘复兴号向西飞驰，车窗外，山川、河流、草原，辽阔壮美的景象，从我一一眼前掠过，我为长天万里的大美所震撼，视野和心胸一下随之开阔了起来。临近中午，复兴号到达德令哈，10个多小时的车程，让我体验了诗意的远方和诗歌的魅力。

德令哈市虽然位于柴达木盆地的沙漠戈壁滩上，却看不到丝毫苍凉与荒芜。那如诗如画的柏树山，那绿草如茵的草原，那蓝天、白云、青草、羊群……无不激荡着我的心灵。

说起德令哈，就绕不开诗人海子。1988年夏天，海子乘火车来到德令哈，冰冷的夜雨，撩拨着诗人多愁善感的心。那时的德令哈，在海子的眼中，是雨水中一座荒凉的城。或许是诗人内心深处的忧伤和落寞，被德令哈的绵绵冷雨激活发酵，他写下了著名的诗篇《日记》："姐姐，今夜我在德令哈，夜色笼罩／姐姐，我今夜只有戈壁／草原尽头我两手空空／悲痛时握不住一颗泪滴／姐姐，今夜我在德令哈／这是雨水中一座荒凉的城……"

海子笔下的"姐姐"，一直没有人说得清楚。其实这已无关紧要。海子与德令哈仅相处短短一夜，他的生命却与这座小城紧密相连。《日记》这首诗，如投巨石入深渊，回响无穷。许多人，因为德令哈，知道了海子；许多人，因为海子，知道了德令哈。

从此，德令哈开始走进人们的视野，成了诗与远方的象征，每年都有数以百万计的游客接踵而至，在柴达木盆地与祁连山支脉下，寻找戈壁上氤氲着的诗意。

法国哲学家加斯东·巴什拉说："诗是开向世界的一个美丽的窗口，是使梦想能够实现的一种方式。"海子的这首诗，无疑为德令哈这座西部小城蒙上了神秘的面纱，让许多人痴迷和向往。

诗因城而生，城因诗而名。德令哈没有忘记让它名扬天下的诗人，在市中心的巴音河畔，专门为海子修建了诗歌陈列馆，一组白墙灰瓦的徽派建筑（海子的祖籍在皖南），点亮了人的眼眸，让人为之一振。一座遥远的戈壁小城，就这样以诗歌的名义，迎接着四面八方的游客。

坐落于巴音河畔的海子陈列馆，大门两边镌刻着一副对联："几个人尘世结缘，一首诗天堂花开"，道出小城丰厚的文化底蕴。德令哈被称为"海子之城"，城内到处充满诗的气息。在新诗衰落到极小众的今天，像德令哈这样推崇一位诗人，在国内大中城市中是极为罕见的。

馆内陈列了海子的生平介绍、诗歌和各种评论文章，以及同时代诗人西川、骆一禾等人的诗作，并配有图片和文字介绍。陈列馆的设计颇费了一番心思，整个馆舍的建筑风格、陈列风格，有别于传统展览馆，更容易让人走进海子的精神世界。

海子纪念碑为半身头像，重约 5 吨，高 1.68 米，与身后一侧占地 1300 平方米的陈列馆遥相呼应。两边是对联"今夜我在德令哈，不想人类想姐姐"，这副对联在德令哈很多地方都能看到，已成为德令哈的最佳宣传标语。近三十首海子的优秀作品雕刻在形态各异的石碑上，组成了极有特色的海子诗歌碑林。

海子虽然出生在安徽农村，但少年聪颖，他15岁考上北京大学，开始创作诗歌，逐渐名满天下。1983年大学毕业后，他被分配到中国政法大学哲学教研室工作。但他过于敏感和多愁善感的性格，使他没有勇气去直面人生。"理想很丰满，现实很骨感"，作为一个诗人，他是善良、悲悯的，那首《面朝大海，春暖花开》感动了无数人。遗憾的是，他却一直没能从绝望中走出来。25岁生日后两天，他在山海关卧轨，一段绚烂多彩的生命戛然而止，一代诗人黯然陨落。

若干年后，刀郎带着苍凉和风尘，从乌鲁木齐来到这里，或许是德令哈的夜雨凄凉，或许他和海子都有着相似的情愁与感受，刀郎生发出和海子同样的苦涩忧愁，撕心裂肺地唱出了《德令哈一夜》：

"谁在窗外流泪，流得我心碎，情路上一朵雨打的玫瑰，凋零在爱与恨的负累，就让痛与悲哀与伤化做雨水，随风飘飞。"

歌词的旋律夹裹着凄冷的风雨，唱的人流泪，听的人心碎。

海子的诗和刀郎的歌，让德令哈这座默默无闻的小城，从此声名鹊起。此后经年累月，许许多多的人追随着海子的足迹，找寻那个令人心疼的"德令哈"，凝望着这座戈壁上的小城。

当然，这座在海子诗篇中"荒凉的城"，如今早已变成一座绿色的诗意之城。海子可能不会想到，他会以一首小诗和高原上一座遥远的城市结下不解之缘。海子已经成为高原小城德令哈诗意的底色，和另一种海拔高度。

第四辑
文化时空

穿越时空的经典歌曲

周末,一个人赋闲在家,便饶有兴致地走到音响边,翻出一张张久违的 CD,最后选定一张经典影视老歌集锦,按下了播放键。那优美动听的歌声伴随岁月的记忆在心中激荡,听着珍藏在记忆中的经典歌曲,我的思绪被那优美的旋律牵引着飞得很远很远,脑海里浮现出一幅幅动人的画面。

这些历久弥新的歌曲,具有穿越时空的力量,常常在无意间飘进心中,为我的生活平添一抹斑斓的色彩,使我倍感人生的美好。这回响在岁月深处的歌声,伴随着我的童年时光和青春岁月,让许多生动回忆在时间的长河里先后靠岸。

儿时,电影插曲对我有着异常大的吸引力,凡是能看到的电影或听到的歌曲,我都会认真地听、反复地唱,不图学出名堂,只图心情舒畅。在那个年代,几乎所有的歌曲都会被广泛传唱,这些歌曲大多充满革命英雄主义情怀,如《闪闪的红星》《侦察兵》《青松岭》《英雄儿女》《上甘岭》等影片中的插曲。那时每年上映的电影很少,老百姓看一场电影就像过节似的。大凡看过的电影,我除了牢记故事情节,其插曲乃至背景音乐也都会被我熟记于心。

那时,几乎每部电影都有好听的插曲。每次看过电影后,我都会想尽办法搜集词、曲,并尽快把它学会。当时,没有光碟,也没有录音机和电脑,偶尔能在收音机中听到喜爱的歌曲,我就把耳朵紧紧贴在收音机上,生怕哪一句听不清楚。那时我最喜欢上的课是音乐课,歌曲带给我的喜悦是无以言表的。每一首新歌,我都会很用心地去学唱。

电影《上甘岭》的主题曲《我的祖国》，是由著名歌唱家郭兰英首唱的。这首歌曲调优美，充分展示了中华儿女的爱国主义情怀，一下子把我吸引住了。每次听到这首带血带泪的赞歌，品味那字字句句中饱含的深情，我都会深深地陶醉其中。另一部同类题材的电影《英雄儿女》，其主题曲《英雄赞歌》由女声领唱，男女声复合混唱，气势磅礴，高昂抒情，感染力异常强烈。每次听到或唱起它，我都会心潮澎湃，热血沸腾。

感人的歌曲，一定有很高的艺术价值。它植根于人们的内心，让人随时都能感受到它的律动。它在给人们带来快乐的同时，也带来了激情、勇气和力量。

电影《闪闪的红星》上映时，我正在读小学，其插曲《红星照我去战斗》让我着迷，有一段时间可谓曲不离口。几十年过去了，那优美的旋律仍经常在我的耳边回响。二十世纪八十年代初期上映的电影《小花》，其插曲《妹妹找哥泪花流》《绒花》等，都在我脑海里留下了深刻印象。它们与以往的电影歌曲不同，追求一种叙事与抒情的完美结合，情真意切，颇富感染力。常年听惯了"高大上"的歌曲，再听这种能让人放松心情、展现内心温情的歌声，就像被电流击了一下。傍晚下班后，我悠闲地骑着自行车，穿行在昏黄的灯下，斑驳的树影洒落在地上，听着《绒花》，心中常常泛起一丝淡淡的感伤和美丽的忧郁。去年，电影《芳华》在剧院上映，主题曲便是《绒花》，那熟悉的歌声，又把我带回青春时代。伴随着优美的旋律，我的思绪久久不能平静。

刚参加工作那年，一个周日上午，我和几个工友来到某景区游览。春日和煦的阳光温柔地洒在花草上，一切都是那么美好安详。蓦然，景区的小喇叭里传出李谷一演唱的电影《知音》的插曲："山青青，水碧碧，高山流水韵依依，一声声如泣如诉如悲啼，叹的是，人生难得一知己，千古知音最难觅……"我只觉得有一股清澈的泉水缓缓流进心田，感到无比亲切。我走到离喇叭最近的地方，痴痴地、忘情地听，直到歌曲结束，我依然被那和谐的旋律和柔美的歌声陶醉着。这歌声，荡气回肠，缠绵悱恻，在我心里掀起阵阵涟漪，让我激动不已。

电影《戴手拷的旅客》，其插曲《驼铃》是由蒋大为首唱的。他的歌声音色纯正，清脆怡人，嘹亮振奋，曾风靡一时。如今再听这首歌，就像回到那个久远的年代，记忆的闸门打开了，我的思绪像倾泻的洪水一样自由奔流……

从这些歌曲的传唱度与流行度可以看出，好的电影歌曲有着持久的生命力。当时我印象较为深刻的还有《少林寺》《乡音》等电影的插曲，这几部电影，是我刚参加工作不久时，在我工作的白马寺站区观看的。电影《少林寺》的插曲《少林，少林》，我们工区的年轻人都会唱，而且在铁路局举办的职工歌咏比赛中，取得了较好的名次。

如今进入了网络时代，人们的音乐生活似乎失去了一个共有的方向，每个人的手机里都存有许多所谓的流行歌曲，却很难找到一首能真正代表我们这个时代共同记忆的歌曲，流传下来的经典歌曲少之又少。相比而言，随着一些电视剧的走红，其主题歌、插曲得以在社会上广为流传，产生较大影响。如根据我国四大古典名著改编、拍摄的电视剧，其中的主题歌和插曲旋律都很优美。《西游记》中的《敢问路在何方》，《三国演义》中的《滚滚长江东逝水》，《水浒传》中的《好汉歌》等，都是如此。还有电视剧《渴望》的主题曲《好人一生平安》等，也都让人耳熟能详，给人以美的享受。

往事如烟，只有经典永流传。那些熟悉的旋律，总令人感慨万千。沧海桑田，风雨人生，有些往事已很难准确而具体地描述，但它就像空气之于生命，或许平时由于忙碌会忽略它的存在，但它随时都可能在心中发酵，让你不自觉地想起那些回荡在岁月里的经久不衰的歌声。每当夜深人静的时候，每每听到这些经典歌曲，心中总是盛满了暖意。

从黑胶时代到卡带时代，然后到 CD，再到现在的数字化时代，从录音机播放到手机播放，改变的是传播方式，不变的是人间真情。经典歌曲被无数人在不同时代、不同季节、不同地点重温，始终热度不减，这就是它的魅力所在。时间在流逝，季节在改变，但经典永流传，真情暖人间。

馕之味

每到一个地方,我总喜欢品味一下当地的风味特色,所到之地不同,风味自然也有所不同。这些特色美食无不与当地物产、气候和生活习惯息息相通。

不久前,应邀来到天山东麓的哈密采风,我品尝到一种叫"馕"的美食,它以天山冰川沉淀的雪水、麦面拌和后,烤制而成。制作精细,用料讲究,吃起来香酥可口,不但营养丰富,而且便于携带,适宜储存,尤其适合游牧或长途跋涉时食用。经过岁月的沉淀,和一代代人的味蕾沿袭,这种被叫作"馕"的食品,被人们广泛认可,并冠以"美食"的标签。

其实,我初次尝到这种美食,始于少年。当时,家父在新疆工作。每次当他探亲回家,总会带些葡萄干、葵花籽、馕之类的特产,在当时食品相对短缺的年代,掰下一块,放在口中咀嚼,那滋味,真是妙不可言。据说,人的味觉是有记忆的,童年时代培养出来的味觉,总是难以忘却。这次到哈密,竟然被"馕"的味道深深吸引。

在哈密一周,自然品味到不少美味,满足口腹之欲的同时,也让我更好地了解和认识了哈密。可以说,这里的每一道菜肴背后都隐藏着一个故事,那飘香的美味,像是在诉说着一段段历史。

不得不承认,对馕,我有种非同寻常的敏感,行走在哈密街头,很远我就能闻到"馕"的香味。

一周的采风转眼即逝,在将要离开哈密的前一天下午,我们慕名来到一家当地最有特色的烤馕店,这里买馕的人可真多,远远看去,队伍如蜿蜒的长龙,我随着人群缓缓向前移动着脚步,终于来到了队伍前面。我的眼神被几个配合默契的打馕师傅所吸引，他们紧张而有序地忙碌着，只见其中一个人先拿起一块面团，用一只手轻松地在手掌中翻转，一团团柔软的面团，瞬间便舒展开来，然后，他麻利地抛给下一个人，那人将其摊在案板上，他左手执面饼，右手的大拇指飞快地撑搓，面饼在他手中以圆心状飞速地回旋起来，在赶面杖轻巧匀称的碾压下，只几个回合，面团已变成中间薄、四周厚的馕，然后快速抛给另一个打馕师傅，师傅娴熟地在上面抹上适量的油，再撒上芝麻和洋葱粒，接着利落地把馕打进馕坑，再熟练地往馕坑里的馕上泼洒些盐水，最后馕被牢牢地贴在坑壁上。整个过程流畅自然，干脆利索。

这种手工制作的馕，呈不规则形状，在炉火中大约5分钟后，焦黄的烤馕便被打馕人用长长的铁钩子，从冒着热气的红通通的馕坑里钩出，一缕缕诱人的烤香味扑鼻而来。师傅微微向前探腰，把馕装袋后，谦恭地双手递给我。我从师傅手中接过馕，这馕热得有点烫手，可我实在无法抗拒美味的诱惑，忍不住沿着金黄色的边缘撕下了一块儿，小心地放进嘴里，顿觉酥软脆香，咸香可口，唇齿间留有浓浓的麦芽香味，这香味绵延至今。在这里，我见到了形状各异、大小不同的馕。有圆锥形的、有憨态可掬的小动物造型的、有浑圆如车轮型的；有的拙朴如蒲扇；有的大似铁锅盖；还有的小如掌心。论味道，有咸的、甜的、有不咸不甜的。有的咸馕里还放有肉末辣椒酱等。为了体现馕的口感，几乎所有馕的表层，都覆有一层黑芝麻或白芝麻。这是馕的主要特色之一。

给我留下深刻印象的，是馕上面还有各种各样美丽的花纹，这些花纹有种古典雅致之美，而且入味，食用时，沿着压纹更容易把馕掰开，咀嚼时也更有松脆感。这些精美别致的花纹图案，像是艺术品，折射出了当地文化所蕴含的浪漫和典雅。这里的馕不仅松脆不油腻，而且还有绕于鼻端，浸入心脾的烤香。

经过漫长时光的浸染，馕已不仅仅是一种食物，它早已成为民俗文化的一种，成为西域饮食习惯和民族团结和谐的象征，馕，让人们感觉到一种平淡生活里知足常乐的幸福。在新疆，有人的地方就有馕，有馕的日子才有滋味。"可以一日无菜,不可一日无馕""一天不吃馕,心里就发慌……"从这些谚语和民歌中，可以看出，馕在哈密日常生活中占据着多么重要的地位。

馕，看上去朴实、家常，使人心底有种温暖踏实的感觉。在哈密，馕不仅是一道美食，更是一种文化的传承和情感的寄托。有人说，在哈密，茶是馕的绝配。一碗茶，一块馕，大家围坐在一起，谈天说地，朴素简单而又不失乐趣。

馕，或许看起来简单，却有着自己独特的故事。在这片古老神奇而又漫长的丝路上，馕成了醒目的标点，馕香漫过，丝路上的驼铃声便会愈加响亮。

品味罗马

眼前这片废墟便是罗马老城了，它曾是昔日罗马帝国政治、经济、文化和宗教的中心，是强大的罗马帝国的神经中枢。

这里大多数的建筑，都与方方正正的石块有关，如颇有代表性的凯旋门、教堂、宫殿、围墙、喷泉等，全由造型各异的巨石建造而成。可以说，罗马老城是个石头艺术的大世界。也许，罗马的帝王们喜欢用石头的庄严与不朽，去展现君王的威仪与尊严吧！

古罗马广场始建于公元前6世纪，随着古罗马帝国的强盛，它也一直在不断地扩充和整修，直到公元4世纪，大规模的建设才逐渐停止。以后连年的战争、地震和火灾，使广场遭到了毁灭性的破坏。这里的许多路都是由石块铺就的，由于年代的久远，石路被人踩踏得坑坑洼洼、高低不平，但置身于此，我依然能够感觉到古罗马建筑成就的辉煌。

沧海桑田，岁月变迁。据说，眼前这些遗址，只是古罗马广场的一小部分，绝大部分建筑仍深埋于地下。

意大利是拥有世界文化遗产最多的国家，这里的文化遗产不但数量多，而且质量高。古希腊以来的各种欧洲建筑风格，都在意大利留下了各自的建筑古迹。如果说埃菲尔铁塔是巴黎的象征，那么，罗马的代表性建筑无疑就是罗马竞技场了。为了感悟这里厚重的历史文化底蕴，我们起了个大早，没想到很多游人已经在我们前面自觉地排起了长队。我们随着人流，顺着环形通道自上而下参观，人们默不作声随着队伍缓慢前行着，导游的讲解，扣动着人们的心弦，穿越历史的时空，回眸那段等级分明、以人兽角斗作为娱乐的残暴历史，仍让人不寒而栗。据说，在开幕式的那天，就有6000头动物被杀死，数十万角斗士和罪犯在公共娱乐的名义下葬身于

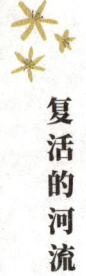

此。但不管怎么说，这里曾是很多罗马人引以为豪的"精神桂冠"，至少在建筑上它代表了古罗马文化曾经的辉煌，是"无法取代的罗马"的一个象形符号。然而，在文艺复兴时期，这里曾遭到严重破坏，只留下残垣断壁，但罗马竞技场在人们心中的地位却丝毫未变。

竞技场的旁边，是古罗马帝国入城的必经之路——君士坦丁凯旋门，它集合了众多不同时代的罗马雕塑，曾得到拿破仑的赞美，它也因此成为巴黎凯旋门的蓝本。

古罗马广场的两个入口各有一个石拱门，这也是罗马城中现存的三个凯旋门中的两个，屹立在神圣之路中央的是罗马现存最古老的提图斯大帝凯旋门，这是为了纪念提图斯在公元70年战胜犹太人并掠夺了大量耶路撒冷的战利品而修建的。我走近凯旋门、角斗场以及万神庙，深深感觉到这些建筑的厚实、坚固和稳定。

我想，罗马被称为"永恒之城"，一定是因为这座城市一直保持着原貌吧。走进罗马旧市区，就像走进一个大大的迷宫，街巷曲曲折折，十分狭窄，街道两边大多是三五层高的楼房。墙体为赭红、土红或者土黄色，由于年久失修，有的墙壁斑斑驳驳。临街的阳台很小，却摆满了各式的鲜花，显示出居住在这座城里的人们的一种情趣和浪漫。咖啡馆和比萨店的房子很有些历史了，室内大都经过精心装修，玻璃门窗虽然窄小，却被擦得干净明亮。我们走进一家比萨店，店里的桌子坐满了人，正准备退出，恰巧有一桌客人正好用罢餐起身，店员娴熟麻利地收拾过桌面，然后示意我们落座。这是一家百年老店，店面不大，几张欧式餐桌，坐满了食客。其中贴墙的展示柜，摆满了各种各样的红酒。店主和店员全是当地土著，他们年轻活泼，充满朝气。我对这家店充满好奇，用心打量着这里的一切，不由心生感叹，百年老店在国内可谓凤毛麟角，有的店刚开业不久，便因为生意冷清而忍痛关门。然而这里有很多老店，店铺门面并不显眼，却吸引了大量游客。用罢餐，我们走出比萨店，暖暖的阳光照在身上，让人感觉非常舒畅。在生活气息浓郁的狭窄且古老的街巷里行走，街道两边是各式各样的商店，大都面积很小，以卖咖啡的居多，仿佛在整个旧市区都能嗅到浓浓的咖啡香气。

记得在去罗马的大巴车上，导游为我们播放了1953年拍摄的黑白电影《罗马假日》，他提醒我们一定要认真看看，然后以此为参考，对比一下今天的罗马与几十年前的罗马有什么变化。他说这对于参观罗马会有很大的帮助，尤其对第一次踏入罗马古城的人来说。而当我们行走在这座古老的城市里时，发觉周围的建筑竟与60年前的罗马并无二致，时光仿佛倒流了一般，扑面而来的全是这座城市散发出的古老却极具生命力的气息。

很早就听说意大利对历史文化的保护不遗余力，这次来到罗马城体会更加深刻。可以说，整个罗马城就是由文物建筑累积而成的，这些古迹风雨斑驳，有些已成废墟，但意大利人没有把它们一拆了之，而是担负起保护这些历史文化遗产的重任，并不断为此付出昂贵的代价，这种非功利性的态度和尊重历史的精神值得肯定和学习。也正因为如此，罗马城成了全世界文物建筑保护最好的样板，意大利也从蓬勃的旅游业中得到了极大的回报。

我们来到西班牙广场，几个同行的女孩想在此寻找电影中奥黛丽·赫本坐在台阶上吃着冰激凌的地方，可惜这里正在维修，被围得严严实实，大家只好遗憾地离开了。这两个女孩却不甘心，说要跟随奥黛丽·赫本的脚步，去许愿池看看，我们便陪同前往。许愿池又名幸福喷泉，由18世纪建筑师沙尔威设计建造，共用30年才完工，是全球最大的巴洛克式喷泉。许愿池周围挤满了游人，尤以年轻人居多。传说只要背对泉水，从肩膀上抛出一枚硬币，如果硬币能落到水池里，就能够再次到罗马来。我也想碰碰运气，然而望着那么多的游人，我攥着的硬币被捏出了汗，也未敢抛出，我担心抛出的硬币不慎砸到人，便只好作罢。

不知不觉，几个小时过去了，看着那些在书中和罗马电影里熟悉的名字和场景，人们谈论着有关的镜头，如伊丽莎白·泰勒的《埃及皇后》、罗素·克洛的《角斗士》、柯克·道格拉斯的《斯巴达克斯》、索非娅·罗兰的《罗马帝国沦亡录》，还有《恺撒大帝》等，都为意大利对古建筑的有效保护而点赞。

古罗马曾经的辉煌成为了历史，当时的政治、经济中心已成为一片废墟；如今的意大利虽远不如昔日那样繁华、强大，但仍算是欧洲强国，而中国虽从秦汉以来一直是强大昌盛的，但在清朝后期却遭受了一百多年的欺压和凌辱，我想到此便感到痛心。

古老的罗马，沉淀了数千年的遗迹，那宏伟壮观的建筑，震撼人心直逼人的灵魂。这座城市，由一座又一座的废墟叠加而成，深沉而悲壮。我用眼睛抚摸这里的每一座宫殿、广场与教堂，它们静默地站立着，伴随着罗马的兴盛与衰落，无言地守望着曾经的繁荣和辉煌。

水上之城威尼斯

去威尼斯之前,我曾读过一本介绍威尼斯的书,开头这样写道:"海天之间一座迷人的城,像维纳斯出波浪而生。透明的光和水,纤尘不染,凉风微微地吹。东西方的文化在这里交会,不朽的杰作,使你在欢乐中增长智慧。"其实,在此以前,我曾读到许多篇描写威尼斯的文章,最早读到的应是莎士比亚的《威尼斯商人》,接着又读到了朱自清的《威尼斯》。也可能是"纸上得来终觉浅"吧,这些文字并没有真正唤起我心灵的共鸣,对威尼斯,我最初只是有些好奇而已。然而,当我真正走进这座不足8平方公里的水上城市,穿梭在118个小岛之间,我竟情不自禁地喜欢上了这个地方。

威尼斯的天空湛蓝,海水清澈,天上的白云、水中的游艇、岸上的建筑完美结合,构成一幅最美的画卷。一条条水巷,一座座小桥,很快让我在这座"小城"里迷醉。

在视觉意义上,意大利是一个有着巨大天赋的民族。在15—16世纪,他们将天赋巧妙地应用到了建筑学上。在今天,他们则将这种天赋应用在了工艺美术设计上。

这里原本是亚德里亚海的一片水面和滩涂,人们在水上、在滩涂淤泥中建起了威尼斯,可以说,威尼斯是一个架在木桩上的城市。这些木桩经过桐油浸泡和防虫防腐处理,坚硬如钢,在海水中浸泡却无朽损之虞。这些都从马可·波罗的故居中挖出来的木桩得到了证实。1254年出生在威尼斯的马可·波罗,能够远涉重洋到达中国,这与当时威尼斯发达的海运和兴旺的世界贸易有很大的关系。这位意大利旅行家,向东方寻找市场,把生意做到了中东,做到了古代中国。他不仅一路传递着欧洲文明,也把东方的富庶与文明告诉给了世界。

威尼斯的美丽风情离不开水，有"因水而生，因水而美，因水而兴"的美誉，它是举世闻名的"水上都市"。那蜿蜒的水巷、荡漾的清波，充满了诗情画意。

这里的小岛星罗棋布，有118个之多。它由117条密如蛛网的运河和401座样式各异的桥梁将小岛和街道连接起来。走在威尼斯狭窄的街巷，进出那些装修时尚、建筑古老、人群拥挤的商店时，透过今天的喧闹，我们似乎还能依稀感受到这座城市昔日的繁华。意大利工商业发达，以生产珠宝玉石工艺品、玻璃器皿、皮革制品、刺绣和橄榄油等著称。威尼斯多年以来就是这些货品销售的集市和外运的码头。当年上岛的威尼斯先民，发现这里的海上交通更有利于工商业和海外贸易的发展，渐渐不耕不猎，专门从事商业活动，逐渐把威尼斯变成了一个繁忙的港口和热闹的商埠。

威尼斯四周皆水，每逢涨潮，潮水就会漫进著名的圣马可广场。整个圣马可广场犹如一面巨大的镜子，水面映着蓝天白云，以及周围高大的建筑。有人赤脚在水中走来走去，成群的鸽子也在广场上悠闲漫步，有不少人在广场上喂养鸽子，我也买了一袋食物，把食物放在掌心，然后伸展手臂，成群的鸽子扇动着翅膀栖落在我的肩膀、胳膊和手掌上。在这里，我与它们来了一次亲密接触。

圣马可广场从历史深处走来，伴随着昔日的光荣与梦想，一直延续到今天。圣马可教堂不仅是一座教堂，也是一座非常优秀的建筑，同时还是一座收藏丰富艺术品的宝库。它融合了东西方的建筑特色，从外观上来看，它的五座圆顶仿自土耳其伊斯坦布尔的圣索菲亚教堂；正面华丽的装饰，源自拜占庭的风格，而整座教堂的结构又呈现出希腊式的十字形设计。圣马可教堂内部的艺术收藏品来自世界各地，因为从1075年起，所有海外返回威尼斯的船只都必须交出一件珍贵的礼物，来装饰这间"圣马可之家"。教堂内部从地板、墙壁到天花板，所有马赛克画作上都覆盖着一层闪闪发光的金箔，看上去富丽堂皇，难怪该教堂又被称为"黄金教堂"。圣马可教堂称得上古罗马建筑中少有的杰作,难怪拿破仑占领威尼斯后,连连赞叹圣马可广场是"欧洲最美的客厅""世界最美的广场"。

这里,无数的水巷和水道密密麻麻交织在一起,构成了水上城市的脉络。水道两旁是古老的房屋,挺拔地站立在水上,一栋紧挨着一栋,没有一点儿间隙。威尼斯没有汽车,"贡多拉"是这座城市最具特色的交通工具,当然,如今人们乘坐它,纯粹是为了体验和寻找乐趣。"贡多拉"狭长的船身被漆成红黑相间的颜色,首尾翘得很高,船身长约11米,可以坐6名游客。船夫大多身着黑白相间的针织上衣,头戴红色草帽,他们用单桨划着船,动作非常熟练。我们租用了两艘"贡多拉",一前一后,在宽宽窄窄的水巷里、在高高低低的小桥下穿行,有时在狭窄的水中,两船相向而过,船上熟识或不熟识的人都会愉快地打声招呼,那声音中荡漾着不尽的快乐。

"贡多拉"在水上穿行着,人们被变幻的风景所陶醉,不时发出赞叹和欢呼声,有的拿着手机不停拍照。依然保持着当年面貌的古老房子和各家阳台上伸展出来的鲜花,使古老的威尼斯显出勃勃生机。这里的雾,很著名,也很美。当"贡多拉"进入薄雾之中时,会使你产生相当复杂的感觉。你无法辨别方向,但船夫们却很清楚,他们能找到路,在接近交叉路口时,他们各自高声喊着"嚯——咿!嚯——咿!"提醒人们注意。乘着"贡多拉",伴着手风琴悠扬的琴声,穿行在城内的千条水道之中,听着从圣马可钟楼上每隔一小时就传来的报时钟声,仿佛时光倒流,回到了中世纪。当"贡多拉"划入一条又宽又长的运河,水面顿时开阔起来,大运河沿岸共有200栋风格不同的宫殿、豪宅和教堂,这些建筑多半建于公元14到16世纪,这些建筑地基全部浸在水中,一字排开,远远望去,就像水中升起的一排艺术长廊。

威尼斯的桥一座连着一座,高高低低,形态各异,有400多座,我对"叹息桥"和"利亚德桥"印象较为深刻。因为"叹息桥"象征着一种无奈,而"利亚德桥"则折射出了威尼斯昔日的光芒。然而,就是这么一个让人心动的城市，却潜伏着危机。据权威人士讲，陆沉、海风、潮水盐性的腐蚀和空气污染直接威胁着威尼斯。此外，机械化游艇日渐增多，它们在大运河上飞驰，不仅破坏了姿态优雅的"贡多拉"渲染出来的悠然情调，而且掀起的波浪会对沿岸府邸的墙产生冲击，水花高溅，更加速了对建筑的腐蚀。说威尼斯建在118个小岛上，不如说它建在几百万根橡木桩上，强大的潮汐和波浪摇撼着这些木桩，危害着大大小小府邸的安全。听到此，我不觉有些心酸。记得俄罗斯大画家列宾在1873年给科学院的信里说过，"威尼斯最下等人家的烟囱好像都是由某一个惊人的建筑天才造的"，所以当我听到这个消息，心中不免有些沉重。好在威尼斯全城的保护工作已直接由联合国承担了，以全世界的力量，希望它可保得住，这对整个世界都有重大意义。威尼斯曾经以财富和文化雄踞欧洲，现在财富或许逊色了，但它的文化价值是不朽的。威尼斯，一座美丽的水上城市。

露天电影的记忆

每当坐在宽敞豪华的电影院，带着 3D 眼镜看新上映的大片时，我总是会回想起儿时看露天电影的情景。

所谓露天电影，就是在空旷的广场、操场等室外场地观看电影，这对现在的年轻人来说多少有些不可思议。然而，对二十世纪六七十年代出生的人来说，却是再熟悉不过的。那时，影剧院很少，人们基本上看的都是露天电影。

那时，若是哪个地方放映电影，邻近的人听说了，也会赶过去一饱眼福。如果是我们村放电影，一群小孩便会围在电影放映员的身边，看他将两根笔直的木柱竖起，然后用滑轮吊起一根细长的横拴棍，把银幕拴在上面，再升上去，用细绳子把银幕下端的两个角拉紧，绑在柱子上，以防放电影时，银幕被风吹动，接着，再将音响或是喇叭固定在柱子上端。放映员做这些时十分娴熟。等银幕挂好后，我们便兴高采烈地回家去搬凳子、占位置。其实，此时离电影放映还有好几个小时呢。待天渐渐黑下来，在人们热切的期待中，电影终于开演了。那时人们对看电影有一种极大的兴趣，银幕的前后左右都是人。

有时同一部电影，我们会看好几遍，这次在这个地方刚看过，下次到另外一个地方观看时还是同一部电影。因为在其他地方放映什么电影，我们是很难得到准信的，往往是冲着没看过的一部电影去的，可放映的却是一部已经看过的影片，但因为路途较远，既然来了，就只好耐心地再看一遍。

电影结束了，大人们忙着回家，而我们一帮小孩则意犹未尽，一边玩耍，一边争论着电影里的情节。回到家里，依然兴奋得难以入睡，满脑子全是电影中的故事。那是个崇尚英雄的时代，放学玩耍或是做游戏时，我

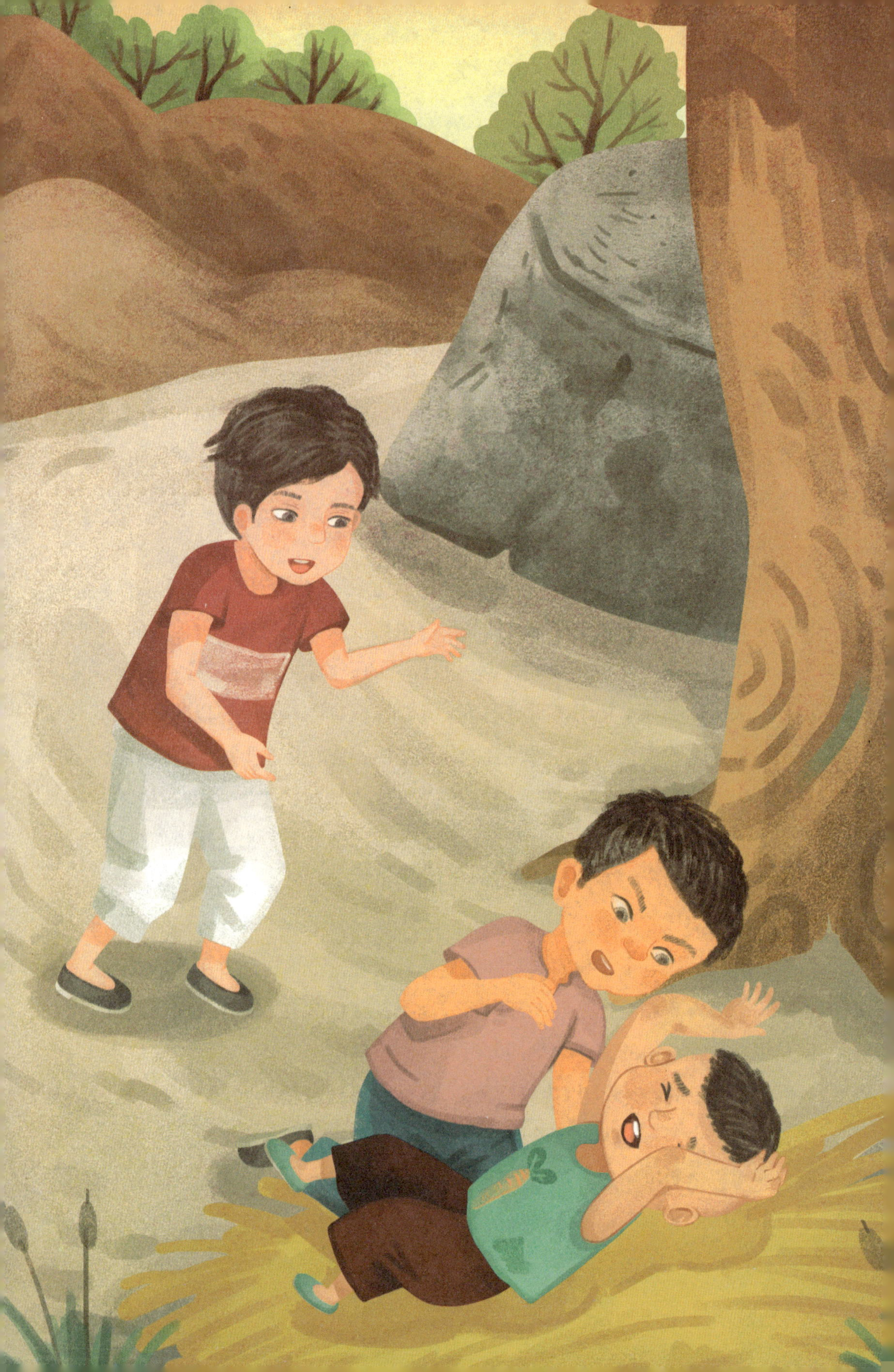

们会扮演电影中的不同角色，正面的角色谁都愿意扮演，反面的却很难找到人。记得看过《闪闪的红星》后，班里有个姓"胡"的男同学被几个调皮的学生称作"胡汉三"，他实在忍无可忍，把这几个同学告到了老师那里，结果那几个同学被老师一顿批评。

二十世纪七十年代末，我随父亲到青海格尔木上中学。当时，父亲所在的铁道部第一设计院一总队临时驻扎在格尔木，住宿条件非常艰苦，记得我们刚到那里住的是帐篷，但生活待遇还不错，基本上每月都能看上一场露天电影。因为当时的格尔木地广人稀，单位与单位之间的距离较远，看电影就不用再提前占位置了，天刚一擦黑，人们便搬着凳子陆续来到广场上。和在其他地方看电影有所不同的是，许多来看电影的人会拿着芭蕉扇和一顶防蚊帽，看电影时将防蚊帽戴在头上，以防蚊子叮咬。格尔木的蚊子个头大，一场电影看下来，我的身上都会留下几处蚊子叮咬的痕迹，这是在格尔木看露天电影所付出的代价，尽管如此，也丝毫不能减弱人们看电影的兴趣。

二十世纪八十年代初，我参加工作时，被分配在洛阳白马寺养路工区。因工区离市区较远，偶尔遇到节庆，洛阳铁路分局电影放映队便会到白马寺站区慰问。每次放映电影的时候，车站、养路、电务等兄弟单位的职工都会聚集在一起观看，往往一场电影把平时难得一见的站区职工们聚拢在了一起，可见当时电影的诱惑力之大。

那时看一部电影，往往能听到一首好的电影歌曲，这些歌曲像插上了翅膀，很快便在大众中间传播开来。而现在，看十部电影也很难有一首流行歌曲了。随着经济的发展和人们生活水平的提升，家家都有电视机、电脑，还有家庭剧院，想看电影可以足不出户，当然还可以到影剧院去看。如今的影剧院，不但环境好，而且天天都有新影片播放，满足了人们对看电影的需求。

从黑白到彩色，从小银幕到大银幕，从露天到影院，今天的电影已与四十年前不可同日而语，由此，我们也看到了时代的飞速发展给人们生活带来的巨大变化。尽管如此，露天电影带给我的记忆，却依然是那么刻骨铭心。

一座桥的承载

在中国,很少有哪一座桥能像洛阳的"天津桥"那样,被多个王朝青睐,被众多诗人所吟咏。从隋唐至北宋时期,天津桥一直是游历于洛阳的诗人们抒怀的必到之地。

公元605年,隋炀帝营建东京洛阳,选址于汉魏洛阳古城西边18公里之地。可惜隋朝是个短命的王朝,它被唐取代后,李唐又把洛阳作为东都,武周则把洛阳作为神都。

洛阳这座地处中原的魅力之城,坐落在洛河的南北两岸。为了缓解南北的交通问题,隋大业三年(607年),在洛河上建起一座浮桥,据《元和郡县图志》记载:"隋炀帝大业元年初造此桥,以架洛水。用大缆维舟,皆以铁锁钩连之。南北夹路,对起四楼,其楼为日月表胜之象。"由此可以看出,当时桥的两头各建有两座重楼,用来固定铁链。当时天津桥的管理人员日夜值班,根据河水涨落调节铁链的高低,以保障桥梁安全。桥建成后,为使高大的楼船从桥下顺利通过,桥体还可以自由开合,这在我国古代建桥史上,是个了不起的伟大创举。南北通衢,一桥相连,好不气派。只可惜好景不长,该桥建成12年后,李密率瓦岗军攻打洛阳,隋将王世充慌忙迎战,两军在天津桥边鏖战三场,守桥将士的鲜血染红了洛河水,李密一不做二不休,一把火烧了天津桥。这是天津桥第一次被毁。隋朝仅执政40年光景,便被唐朝取代。唐玄宗开元年间,在隋天津桥遗址上重建新桥,这次建的是石柱桥,又称洛阳桥。桥长三百步,宽二十多步,桥上有栏杆、表柱、四角亭,桥两端有集市和酒楼。正西是东都苑,洛河北岸有上阳宫,桥正北是皇城和宫城,宫殿巍峨,倒映在洛河的清波里。桥的东北,洛河又分出一渠,设置斗门控制流水量,斗门旁是亭子,东边望去是汉魏故址，也是曹植笔下的洛神凌波微步的地方。桥旁边是窈娘堤，南边是酒楼。每到凌晨时分，晓月斜挂在天空，天津桥上人声沸腾，灯火通明，桥下波光粼粼，如梦似幻，美不胜收，吸引了无数文人骚客的赞美和吟诵。

大诗人李白从长安来到洛阳，洛阳地方官为他接风。李白坐车郊游经过天津桥，吟诗一首："白玉谁家郎，回车渡天津。看花东上陌，惊动洛阳人。"他被天津桥的精致所陶醉，心情自然格外爽朗，于是又吟道："黄金白璧买歌笑，一醉累月轻王侯。"后干脆逗留于此，在洛阳狂饮数月，把功名利禄全都抛到九霄云外去了。刘希夷也慕名而来，微风轻抚着他的面颊，河堤上杨柳轻轻摇摆，河水荡漾着柔波，他情不自禁地挥笔写道："天津桥下阳春水，天津桥上繁华子。马声回合青云外，人影动摇绿波里。"诗人李益更是激情满怀，他站在桥上高声吟道："那堪好风景，独上洛阳桥。"这里说的洛阳桥其实就是天津桥，一桥二名，名动京城。

秋天的天津桥更加景色宜人，杜牧有诗："楼齐云漠漠，桥束水潺潺。过雨栲枝润，迎霜柿叶殷。紫鳞冲晚浪，白鸟背秋山。"写出了一幅色彩斑斓的画面。张籍也不示弱，他在《寄洛阳孙明府》诗中写出了"遥爱南桥秋日晚，雨边杨柳映天津"的佳句。

白居易与洛阳更有着解不开的情结，他晚年在洛阳度过，仙逝后被安葬在洛阳龙门香山寺，因此他赞咏天津桥的诗也最多："津桥东北斗亭西，到此令人诗思迷。"又诗："莫悲金谷园中月，莫叹天津桥上春。若学多情寻往事，人间何处不伤神。"天津桥凌晨的景致最美：晓月挂在天空，两岸垂柳如烟，桥下波光粼粼，四周风光旖旎，城中不时传来寺庙钟声，"天津晓月"由此成为"洛阳八大景"中最静谧的风景。诗人哪个不爱美景？因此，这里成为白居易常来之地，他时而望着天上的月亮，时而看着长龙卧波的天津桥，一轮残月投影于河面，泛起粼粼波光，仿若置身仙境，于是他在《晓上天津桥闲望》中情不自禁地写道："上阳宫里晓钟后，天津桥头残月前。空阔境疑非下界，飘飘身似在寥天。星河隐映初生日，楼阁葱茏半出烟。此处相逢倾一盏,始知地上有神仙。"

宋太祖赵匡胤立国第二年,天津桥得以重修,以巨石为桥墩,高数丈,企盼永固此桥。北宋灭亡后,南宋建都临安(杭州),此后洛阳失去帝都地位,到金代,洛阳桥毁于战火,被湮没在河床之下,淡出了人们的视野。可怜一座名桥,最终也没能摆脱命运的捉弄。只是这条躺在河床下的巨龙,骨骼终难消尽,到了近代,军阀吴佩孚也不忘此桥,在原址旁又修建了一座桥,仍称之为"天津桥"。民国年间,在天津桥附近建起了一座碑亭,伫立于洛河中央,仿佛在向人们述说着天津桥无言的结局。

天津桥,是洛阳历史的一个缩影,它数度毁建,让人情不自禁地陷入"思古之幽情"中,然而,这饱经沧桑的独特风景,注定将光耀在洛河历史上,烛照着美丽的古都洛阳。

一座塔的高度

一行人相约来到洛邑古城，恰逢一个天高气爽的晴秋。远远地，便望见晴空之下，一座古塔高耸入云，巍峨壮观，那便是文峰塔。此刻，洒落大地的阳光，正为文峰塔披上炫目的光彩。广场上，来自各地的游客脸上洋溢着花朵般的微笑，或低语交谈，或合影留念。新修葺的以文峰塔为中心的洛邑古城，恢复了明清时期的景观，如今已成为老城一道亮丽的风景。漫步湖边，垂柳轻扬，湖水清澈，小桥流水，宛若中国山水画的浓墨淡烟。一排排仿古建筑古色古香，尽收眼底。传统文明与现代文明在这里交汇，让人骤感时空轮回。

塔，从宗教世界走向世俗世界，分为两类：一为佛塔，一为文峰塔。仰望文峰塔，我思绪万千。在大自然面前，人显得卑微而渺小。然而，每个人都会有梦想和愿望，而梦想和愿望的实现，许多人担心靠人的主观努力恐难成真，转而寄望于神灵。这是在人类智慧初开、思维最简单、最直观的时期，也是人类生存能力最薄弱的阶段，缺少对自然足够的认识，用简单的因果推理想象出的结果。

伴随佛教的传入，塔这一建筑形式也一并传入中国。塔，原本是高僧圆寂后藏佛骨舍利子之处，但风水学的盛行，促使其从宗教世界走向世俗世界。中国人兴文重教的传统延续了几千年，一个地方，期冀文运昌盛；一个人、一个家庭，盼望科考顺利。因此，在中国，人们既崇孔子，也拜文昌。因此，文峰塔作为风水塔，遍地开花，现身各地，成为中国文化和建筑史上的一道独特景观。其实，建造文峰塔其目的就是为了兴文运、昌科举。文运不兴，人们往往归咎于当地风水不好，而塔则被认为是填补风水缺失的最好选择。

一千年前的大宋是一个崇尚文化的王朝。眼前这座文峰塔，便始建于宋代，明末毁于战火，清初重建。明清时，塔的附近还有一潭美丽的湖泊和一座庙宇。据传，掌管士人功名禄位的文昌帝君常在此湖研墨，因此当地的文人们称该湖为水墨池。塔、湖、庙在此交相辉映，形成了当时河南府城内一处著名的人文景观。

旧时，此地的房屋多为比较低矮的平房和砖瓦房，而文峰塔的高度在当时称得上地标性建筑。人们登临文峰塔，遥望河洛大地上的壮丽景色，多有"危楼高百尺，手可摘星辰。不敢高声语，恐惊天上人"的感慨。

中国历来崇尚兴文重教、诗礼传家，也为读书求知定下了不同的目标，既有"明心见性"，也有"修身、齐家、治国、平天下"等倡导，这与对科举功名的追求吻合。人们理想的实现先要通过自下而上的考试，方能出人头地，取得功名。成功从某种程度上意味着更多学子有关前程的拓展，对一个普通人来说，考试的重要性显而易见。因此，主管文运的文昌帝君自然就得到更多的尊崇。文峰塔，作为一种文化象征，在当时自然得到了执政者和普通百姓的广泛认可。毋庸置疑，文峰塔是一座承载了洛阳文化传承和历史沧桑的丰碑。

文峰塔，是一座密檐式砖石塔，四方形，高约30米。整体由塔基、塔身、塔刹三部分组成，边长6.8米，高3.3米，塔基和塔身之间嵌有铸铁，以保持整座塔的牢固性。基座用方形青石所砌，从第一层至第九层，逐层递缩。一至八层向北各开一弧形拱门，可向外张望，门上皆有题额。第九层则四面各开一弧形拱门。如今，塔刹已被毁，一层拱门两侧原嵌有对联一副，字迹漫漶不清，难以辨认。

文峰塔承继了唐宋以来各种砖塔结构形式的优点。塔身外壁用砖砌筑，塔的中央又砌筑一个砖塔心，每层之间建有木质楼板和木质楼梯，可盘旋而上。塔内第一层供有文昌，第二层供有魁星。文昌，又称文昌帝君，是中国神话中主宰功名、禄位之神，旧时多为读书人所崇祀。魁星，即"奎星"，原是中国古代天文学中"二十八宿"之一，后被称为主宰文章兴衰之神，有"魁星点状元"之说。古人建造此塔有"祈福赐恩、益国安民"的用意，祈盼洛阳文运昌盛、人才辈出。

千百年来，文峰塔阅尽了人间沧桑，点亮了莘莘学子的希望和梦想。如今它依然守望在这里，虽然人们早已失去了对它的些许依赖，但作为文化的标榜和象征，仍然有着让人仰望的高度。

幽雅老城

华夏文明，根在河洛；古都神韵，尽在老城。"品读老洛阳"活动，确切之意就是品读老城，更确切地说，就是品读老城几条街巷里的几处景观。

那天，我早早来到活动的集合地点——丽景门，这是洛阳古城的象征，看到它时，我瞬间就领略了它的大气。踏上丽景桥，只见桥栏上的汉白玉古狮形态各异。扶栏处，可见小河清澈，水流潺潺，河水静静地从这里流向远方。昔日，这里水域宽广，千帆竞渡，一片繁华。这条看似平常的护城河，却是当年大名鼎鼎的大运河支流，直通隋炀帝的地缸式国家粮库含嘉仓。

丽景门始建于隋代，原名丽京门。如今，常作为老城的标志出现在各大媒体上。据《唐两京城坊考》记载，东都皇城西面有两门，南曰丽景门，北曰宣辉门。往事悠悠不堪回首，丽景门饱经沧桑，历经多次毁败和兴建。2002年，人们在原址上重建，再现了丽景门昔日的恢宏。

沿西大街一路向东，路两边商铺林立，不远处就是河南府城隍庙。其因年久失修，看上去十分破落。城隍的本意是护城，经过演变，却成了冥界的地方官，评价善恶，掌管着人的福禄寿，后来变成了城市的保护神，供人们顶礼膜拜。

我们一边慢慢行走，一边认真倾听，仔细观看，生怕错过了哪一处风景名胜。这条东西大街，宽近十米，街道两旁的商铺一家挨着一家，保留了古代"前店后坊，前铺后户"的经营格局。店面不大，经营有字画、古玩、古装、工艺品等。以前到这里来，多是寻亲访友，行色匆匆。而这次，是"品读"，在品读中，感悟老城历史和文化的厚重。

老城的街道悠长而古老。脚下这条青石铺就的街道、路两旁那些古旧的房屋、青砖灰瓦和青灰色的屋脊，无不弥漫着古香古色的味道。家家户户大门虚掩，我一边走一边猜想：每一扇大门的后边，都应该隐藏着古老而鲜活的故事吧！每次当我靠近它们，内心深处便会生发出一种柔软，一种如遇故人般的亲切，仿佛去赴一场老友之约。秋日和煦的阳光洒在这条街道，以及古旧的青瓦房上，似乎能感受到阳光叮咚作响的声音。在这里，历史和文化，经过几千年浸润，已渗透到老街的血液里。

老城有许多老宅院，显示出某种意味深长的厚重。它们在岁月里沉浸了数千年，连呼吸都散发着历史的气息。这些古老的建筑，有的古韵深长，清雅幽深；有的奇巧玲珑，端庄秀美。我们游走于历史与现实之间，不知不觉便陶醉在缓慢的光阴里。

马家花园、庄家大院、董家大院、杨家四合院，这些百年老宅，像散落的珍珠，散发着熠熠光彩，是宝贵厚重的文化遗存。老宅的建筑风格，具有典型的豫西民居特色，这种三进与四进，甚至五进或六进的民居，与儒家学说在中原长期浸染有莫大关系。

位于西大街91号的马家花园，我曾多次从它的门前走过，却从不敢轻易走进，我怕自己的冒失惊扰了它的安静。这次我随着老城古城管委会的朋友，走进了期待已久的院落，顿时眼界大开。该园面积1500平方米，坐南朝北，房屋共73间。在马家花园西厢房，我看到了保存完好的绣女楼，该楼上下各3间，楼上中间半间辟为阳台，进深不足1米，两间开月亮圆窗，楼下左右两间开花格方窗。上、下门均为四扇花窗木门。马家花园布局结构紧凑，建筑气派宏大，虽然院子有些破败，但依然可以看出昔日的繁华景象。暖暖的阳光爬上了屋檐，又洒进了小院。小院的一侧被时光浸润出一丝缱绻，那一扇扇斑驳的门窗，向我们诉说着被岁月尘封着的故事。透过窗棂，我仿佛闻到昔日绣楼内的四溢兰香，看到一位端庄秀丽的大家闺秀，正怀抱琵琶轻弹低唱，曲中充满对美好爱情的憧憬。

走出马家花园，我们来到位于农校街的董家大院，这是目前洛阳保留的规模最大的一处官邸。这家大院的主人，原是清初左副都御史董笃行。他为人豪爽，大义明理。据说家人建房时，因边界与邻里产生纠纷而修书至京，求董笃行放话压制对方，董观罢书信后当即写了几句打油诗寄于家人："千里修书只为墙，让他三尺又何妨。"家人看后照办，对方感动了，也退后三尺，后来就有了六尺巷仁义胡同。我们今天看到的200米长、3尺宽的胡同，原本隔着董、李两家，今天的仁义胡同，成了邻里相让的最好课堂。

到达鼓楼已近中午，这是我们品读老城的最后一站。鼓楼位于东大街中段，据《洛阳县志》记载，它原建于北大街南口一带。明万历三十八年（1610年），福王来洛就藩，建福王府时将鼓楼移建于东大街。登上鼓楼，抚摸那口古钟，因好奇心的驱使，我忍不住用手指轻叩，那钟声似乎从远古悠悠而来，恍如时光倒流。钟鼓楼在古时兼具白天报时、夜间报更的功能。"丝纶阁下文章静，钟鼓楼中刻漏长。"白居易用他的诗句，带我们走进历史的晨钟暮鼓里。在鼓楼的拱券门洞之上，东端镶一石匾阴刻"就日"，西端石匾为"瞻云"，均为楷体，传说为朱元璋御笔亲书，典出司马迁《史记·五帝本纪》："就之如日，望之如云。"这大气磅礴的情怀，是洛阳历史的沉淀。旧时，鼓楼大钟非常有名，据说是与白马寺的大钟一同铸造的，频率参数相同，钟声响起，两地虽相距十余公里，却能产生阵阵共鸣，东边撞钟西边响，西边撞钟东边鸣，使得"马寺钟声"成为洛阳古代著名的"八景"之一。

这次品读老城，我受益匪浅，老城不仅有古老怀旧的韵味，同时也有现代时尚的点缀。各色店铺一家连着一家，洋溢着洛阳纯正的市井特色的喧嚣和随意。这里有传统小吃，也有客栈和书屋，更有书画店铺、宅邸、民居、客栈等坐落其间，是体验洛阳民俗风情的好去处。这里的小吃特别丰富，有不翻汤、丸子汤、豆腐汤、牛肉汤、羊肉汤、烙干饼、芝麻盐、油茶等，有的小吃还上了央视。

漫步在老城清幽可人的小巷里，不时会有花香和婉转的鸟鸣从深宅老院飘出。小巷深处，静谧中显出深藏不露的书卷之气。读懂了这些小巷，也就基本上读懂了老城，读懂了老城的前世与今生。如果把老城比喻成一棵大树，那么老城的小巷就是密密麻麻的枝丫，暗香不绝，令人回味无穷。

　　有时，爱上一个地方，真的不需要太多理由。突然记起这样一句话："清幽与淡雅永远是繁华与艳丽的长者。"品读老城，我有一种顿悟，记得千唐志斋有副名联："谁非过客，花是主人。"这千年的老街小巷里走过了许许多多的人，但大多被淹没在岁月深处，归于平淡。而老城，时光虽逝，文脉依然。这就是我之所以恋上老城古意中蕴藏的幽与雅的缘故吧！

幸福时光

法国作家罗曼·罗兰说："任何作家都需要为自己筑建一个心理单间。"这个心理单间的物象应该指的就是书房。书房者，读书、藏书、写字、心目驰骋与塑造之处所也。当代散文家余秋雨说："书房是精神的巢穴，生命的禅床。"

小时候，我就与书结下了不解之缘。姐姐长我7岁，听母亲讲，在我还不识字的时候，只要姐姐一开始读课文，我就会跑过去认真地听，并且很快能将姐姐读的课文背下来，然后装模作样地拿着姐姐的书去读，书中的字自然不认得，书也常常是被我颠倒着拿起来读的。

因为对书的喜爱，我从小便渴望拥有更多的书去读，只要有一缕书香萦绕，我就可以忘掉所有的烦恼，静静陶醉于书香世界里。小学三年级的一个寒假里，我第一次来到新华书店，第一次看到那么多的书，兴奋得都不知该先看哪一本。我胆怯地向服务员要了一本《闪闪的红星》便埋头看了起来，不知不觉便钻进了故事里。外面的阳光照进书店，暖洋洋的，我如饥似渴地捧着书看，竟忘记了时间，直到书店打烊，我才付了钱离开。远远的，当我回望书店时，夕阳的余晖普照，在我心中它宛如一座圣殿，让我感觉是那样的温暖、神圣。

从那时起，我最大的愿望就是拥有一个书店，或者拥有一个四壁全是书籍的书房。可那时家境贫寒，这个愿望对我来说是遥不可及的，但是我坚信有梦想就会有奇迹。阿根廷著名作家博尔赫斯认为，天堂应该是图书馆的模样。我没有更高的奢望，我认为天堂是一间属于自己的小小书房，哪怕只有少许自己喜欢的书。

然而，遗憾的是，尽管我想尽一切办法去搜集图书，而真正属于我的书籍还是屈指可数。直到上高中时，我所能读到的书仍然非常有限。记得有个周日的下午，我到一个同学家里去复习功课，他的父亲在高校任教，和家父曾是大学同学，他家的房子并不大，因为兄弟多，屋里显得十分拥挤，然而，在他家的里屋，有一个高大的装满了图书的书柜，书柜的旁边是一张堆满书籍和教案的桌子，这对我来说，就像一个饥饿已久的人看见了美味佳肴。这是我第一次在一个人的家里见到那么高大的书柜和这么多的书。书柜里有《巴黎圣母院》《红与黑》《战争与和平》等世界名著，还有《红楼梦》《三国演义》《水浒传》《鲁迅文集》《隋唐演义》等中国名著，也许是因为借阅者多的缘故吧，其中有不少图书看上去显得有些陈旧，有的书还用牛皮纸认真包了封皮，但这丝毫不影响它们对我的诱惑和带给我的视觉冲击力。我从书架上抽出一本《三国演义》，如饥似渴地看了起来，以至于同学的父亲站在我的身后，我竟全然不知。同学的父亲见我对书那么痴迷，便拍了一下我的肩膀说："你若喜欢可拿回去认真读，你选择书，书也在选择你，一本好书最悲哀的结局不是用旧用坏，而是被闲置、被冷落、被遗忘。"就这样，我利用课余时间读了大量名著，印象最深的是《红楼梦》，每读一次，都有不同的感受，都像是在读一部新书。

随着年龄的增长和工作环境的改变，我对书的痴迷依旧。那时我工作的地方离家较远，除了节假日，其余时间都在工区度过，工区一间宿舍住了三个职工，除了几张床和一张较大的桌子以外，剩余空间十分有限。为了能多读些书，同时也为了让书享有本该有的待遇，经宿舍另外两位工友同意，我找来木匠师傅用一个上午时间，简单做了一个小书架（准确说像个小木架），放在宿舍仅有的一张桌子旁边，然后，铺上牛皮纸，把书整整齐齐地摆放在上面。看着这些书，我不时有种置身书房的幻觉，尤其是当宿舍只有我一个人的时候，这种感觉更强烈。在这片小天地里，手捧一本书，世界便向我打开了一扇窗，我便悠然进入属于自己的另一个世界。在我的生命里，书使我的精神世界变得极其丰富，对我来讲，守着书房便是守着幸福的时光。

在我初恋的那段日子里，我们约会的地点曾多次选在位于市中心的新华书店一楼,因为我们都喜欢书,而且书店离我们住的地方都比较近,再者,二十世纪八十年代中期,交通和通讯不像今天这么便利,若谁早到或晚到一会儿,不至于因为等待而太焦急。另外,我每次到这里来总能挑选出一两本自己喜欢的书,为以后筹建更大的书房做铺垫。每次来到书店,看着琳琅满目的图书和书籍构成的迷宫,我常常会被书的浩瀚和知识的力量所震撼。是书让我对未来充满了好奇与向往,从书籍里,我看到了人类那些已经逝去的时间。书,像一缕阳光,提高了我的生活情趣,也延伸了我的想象力,使我的生活变得有声有色,充满希望。

后来,随着生活水平的不断提高,我家的住房条件也得到了根本性的改善。二十世纪九十年代初期,单位分给我一套住房,面积50多平方米,两室一厅。我十分高兴,便和妻子商量,在有限的房屋和空间里挤出一个小房间作为我的书房,得到妻子赞同。若把这个小房间叫作书房的话,实在有点勉强,这间书房除了一张小床和写字台以外,只能放下一个书架。尽管如此,我还是兴奋了好一阵子。因为我终于有了属于自己的书房,终于可以为我多年收集的图书找到一个归宿了。我每天的业余时间几乎全在书房里度过,阅读、写作成了我的一种生活方式。可以说,书成了我生命中不可或缺的一部分,书房催生了我的创作灵感,我从中受益匪浅。它是黑暗时候的光亮,使我变得更加自信和优雅。

再后来,我又搬了两次家,书房面积也在不断增大。2011年,我购买了两套商品房,一套作为住房,另一套作为书房和工作室。书房里有8个书架,可放近万本图书。搬家以前的书房,因为面积小,好多珍贵的书籍被放在了地上,每次看到这些图书,我的心中便很不是滋味,如今看到朝夕相伴的图书有了更好的安放之所,我的心中顿觉轻松了许多。好像自己真的成了站在巨人肩膀上的才俊,我将这些书分门别类放进书架,然后又添置了书桌、电脑等。斯时,我已进入知天命之年,精力、视力、记忆力都大不如从前,这不能不说是一种遗憾。有时我在想,如果在我年轻时能看到这么多书该多好啊!

除去必要的工作和应酬,其余时间,我大都是在书房度过的。写作累了的时候,我喜欢站在书架前,眼观书阵,鼻闻书香,心中甚是惬意。书架上站立着许多大师级的人物,他们都是我非常仰慕的人。我渴望尽快安排出时间向他们一一请教学习,有感于此,我还在十几年前写了一首《走进书斋》的诗,现抄录如下:

走进小小书斋
便走进大千世界
那一摞摞一排排的图书
散发着思想的光芒
飘忽着悠远的意境和想象

在这里,我一次次
驾着思维的舵扬帆远航
上下五千年
金木水火土
我在这里汲取营养
攀登着脚步

这些圣贤和智者
全都整齐地在书架上居住
个个平易近人虚怀若谷
称得上我的良师益友
对我的探访和叩问
从来不厌其烦
不断为我干渴的肌体
补充钙质补充维生素
我向孔子请教过《论语》

第四辑 文化时空

也向老子请教过《道德经》
但更多时候
我会在诗词歌赋中徜徉
不论诗仙李白诗圣杜甫
还是屈原苏东坡欧阳修
他们个个品德高洁虚怀若谷
大家确有大家的风度

偶尔我也喜欢到异域采珠
那个留着雪白胡子的泰戈尔
他的《飞鸟集》里
常有惊骇世俗的佳句飞出
而惠特曼的《草叶集》
至今仍鲜嫩如初
随意采撷几片
片片都使我爱不释手……

在书房，我把自己的生命和时间融入到文字构建的世界中，"走进书房就像走进漫长的历史，鸟瞰着辽阔的世界，游弋于无数闪闪烁烁的智慧星座之间。"我经常提醒自己，尽可能安排更多的时间在书房里阅读和创作，因为走进书房，看到满屋的图书以及书籍上的名字，我浮躁的心便会安静许多。它们照亮了我的心扉，也照亮了我的每一个黄昏和黎明。莫耶说："有时间读书，有时间又有书读，这是幸福；没有时间读书，有时间又没书读，这是苦恼。"我非常认同她说的话。在书房里，我随意翻阅着自己喜欢的书，守着不经意间流逝的光阴，感觉到一种少有的幸福。读书不仅能够让我们掌握一定的专业技能，更重要的是，它让我从中看到各种各样的人生方向。人，终其一生就是在不断探知自己的人生到底应该有什么样的意义，书就是探寻这一意义最好的媒介。

守着书房，便是守着幸福时光！

仰望星空

夜阑人静，不经意推开窗户，总能看到满天闪烁的繁星装点的夜空。我常常一个人对着夜空思忖，萌生出对星空的好奇和思索。

夜空空旷到了极致，偶然一颗流星坠落，留下一段无法理解的凄美。这是生命的色彩划出的无可奈何的瑰丽吗？

面对这深邃奥妙而又苍茫的星空，我的思绪被引领到无思、无言之境。我甚至不敢正视星空，因为每一次的正视都会使我对人生提出许多质疑。

仰望星空，我看见了一个广袤的空间，一个无际无涯的空间，我不知这浩渺的宇宙竟有多少星辰？那世世代代笼罩在头顶的星空，那启动人心智和灵思，灌注人情怀的星空，究竟由多少亿颗恒星汇成？而小小地球只能是这其中的一滴水，人类至多不过是一层尘埃而已。

世上的一切，没有比天更雄浑更辽阔更久远了。迄今为止，人类还只能生活在一颗小小地球之上，要想揭示出天体的起源和演化的秘密，只能靠观测，靠不断改进观测手段，以扩大人类的视野。面对宇宙，人实在渺小无奈。人跑得再远也只是"天各一方"，即使到了"天涯海角"，也照样跑不出这个小小地球，跑不出命运给你设置的那道低矮、稀疏的篱笆。但苍天可以包容一切。

面对无限的星空，我既充满无限的感激，又感到惶惑与不安，我仿佛听到法国哲人帕斯卡尔的那声发自心灵的感叹："无限空间的永恒沉默使我恐惧！"是啊，如此浩瀚的宇宙却不说一句话，让人类去崇拜，让人类去审思，真是大象无形，大音无声，或许宇宙真的就是一声旷古的浩叹？

时光之河裹着人类的种种困惑奔腾向前，有时真希望它能停留在某一个美好纯净的生命时段里。但这不过是一种痴想而已！

日光无私、月光无私、星光无私，一切天光都是大慈大悲的恩赐，浩渺宇宙从未有始、从未有终、从未有际、从未有涯，面对星空，世间的一切都显得微不足道，人类的一切狂妄、欺诈、贪婪，显得多么可笑、愚昧。任何一个有正常心智的人的灵魂都会得到净化，都会变得高远、澄明起来。

俯仰万物、反观自身，我们就会多一些理解，多一些宽容，就会生活得更加自在而充实。

携一缕书香去旅行

山水有灵,草木有情。大自然中的一山一水、一草一木,都充满了对人类的爱,都是上天的恩赐。

所谓"行万里路",真正重要的并不是行路里程的长短,而是指一路走来的感悟,以及对沿途风景领悟的深浅;同样,"读万卷书",也并不在于你翻阅书卷的多少,而在于你能否与所读书籍产生心灵互动与情感共鸣。

旅行,是需要一些流浪精神的,这种精神可以使人在旅行中走进大自然,享受与大自然的亲近之乐。这不仅能增长见识,而且能丰富人的精神世界。

如今,旅行非常便捷,高速公路、航空、高铁,有多种方式供人选择。因我一直在铁路部门工作,对铁路有着特殊的感情,乘坐高铁是我出行的首选。高铁车厢内的环境很舒适,设计也很人性化,不论看书、写作或是休息,都非常惬意。

每次乘高铁旅行,我都喜欢把高铁上可收放的小桌板当成小小的书桌,享受阅读和写作的快乐。累了,我会闭目养神,或把目光投向窗外,欣赏窗外的景色。这景色,一年四季各不相同,即便是在同一个季节里,景色也各有差异。有时,车窗外层峦叠嶂,连绵不绝的山峰如屏风般遮挡风沙;有时,绿油油的麦田像一张巨大的地毯铺向远方。大地广袤而丰盈、宁静又悠远,这些风景忽远忽近,不断变换,仿佛上演着一部部风光大片。在高铁上,除了读书和欣赏美景,我会将沿途见闻及感悟记在随身携带的笔记本上。《小窗幽记》中有言:"观山水亦如读书,随其见趣高下。"从自然怀抱、山眉水目间,我学会了推己及人。

记得10年前,我从书店买到《湘西散记》和《边城》,读着沈从文先生笔下的湘西，我一下子被他的文字所吸引，梦想着有朝一日能到湘西去旅行。直到10年后，我终于踏上前往湘西的列车，旅行包里自然少不了沈从文先生的散文集。在凤凰古城，我深深地沉醉在他的文字里，仿佛伸手就能触碰到他童年的时光。

行走让我看见、让我听到、让我收获。前年秋天，我到千里之外的铁路沿线采风。晚饭后，我独自走出养路工区的大门，不远处便是一条清澈的小河。河水静静地流淌，我坐在河边，看星星在水里无声晃动。我想起《瓦尔登湖》的作者梭罗，在他的眼中，日月星辰、江河湖海、风霜雨雪、春夏秋冬，都值得我们驻足欣赏。正如他在书中所说："让自己像大自然一样简朴，驱散我们眉头的阴云，给我们的毛孔里注入一点活力。"夜，安静极了，空气中弥漫着土地特有的气息，我的整个身心就像地里拔节的庄稼，一下变得饱满而成熟。我深信，那潮湿的泥土深处，藏着人世间最深的秘密。

行走多了，自己也和山水草木融汇在一起了。旅行让我重新获得力量，重新"听到来自穹宇深处的回答"。山绿水涨是诗，草木枯荣是诗，关键要用心去感悟。

旅行的意义在于出发前的憧憬、行程中的体悟和归来后的回味。多年以后，我们都会白发苍苍、眼睛昏花，到那时，偶然翻看当年的照片，仍能给你心灵的滋润和安慰。对许多人来说，旅行，是为了与自然的美景有近距离的沟通，与那个听到的或书上读到的内容，来一次面对面的交流和碰撞。

有人说，爱上一座城，是因为城中住着某个喜欢的人。其实，未必如此。爱上一座城，也许是因为城里生动的风景，如湛蓝的天空、干净的街道以及穿城而过的清澈的河流。我关注一座城市，最感兴趣的还是这座城市的内涵与生活模式。

相对于城市景观，我更喜欢到大自然中去游历。神奇的大自然千姿百态，走进它，能收获属于自己的那种愉悦，能感知大自然神奇的魅力，真真切切地将那逝去的时光串成最美的记忆。

时间可以老去，然而阅读和旅行，却能将每一个日子照亮。带上灵魂、带上书本、带上好心情，走出陋室，亲近自然，你会知道世界的美妙。旅行能激活你的灵感，让你充满激情与好奇。现如今，人们的出行条件也都有了很大的改善，坐在高铁上，其实与坐在办公室里并没有太大区别。当你把旅途的阅读与创作当成一种乐趣、一种习惯，乏味的旅途就会变成一种奢侈的快乐，窗外的风景就会被心中的风景所替代。

2018年的春天，我参加了中国铁路总公司宣传部组织的"复兴号奔驰在祖国广袤的大地上"高铁采风活动，相继走进北京、青岛、成都、西安、汉中、南京等站段及沿线工区，并深入京张高铁建设工地、青岛四方车辆厂体验生活。这段体验给了我创作灵感，我很快创作出了数百行与高铁有关的长诗《大地飞歌》。因该诗感情真挚、来源于生活，很快在多家报刊发表，还荣获第四届中国长诗最佳成就奖。这首长诗中的不少诗句，就是在飞驰的高铁上创作完成的。也许有人会产生疑惑，在列车上，你能静下心来读书、写作？其实，这只是一个习惯问题，一旦习惯了这样的环境，就会将心情调试到一种最佳的状态，将思绪集中在文字之间，心无旁骛去读书、写作，从而达到陶渊明"结庐在人境，而无车马喧"的境界。

人生如寄，何谓漂泊？著名童话作家安徒生用旅行排遣孤寂，寻觅灵感，勤奋创作。他创作的童话故事，被翻译成了100多种语言。晚年他致信友人时，仍壮志在胸，豪情满怀："我真愿只有二十岁，这样我就会在我的背囊里放上一个墨水瓶，两件衬衫，身边带着一支羽毛笔，走向更广阔的世界。"作家铁凝曾说，他（安徒生）擦燃一根火柴，便点亮了整个世界。诗人叶芝则认为，缺乏对远方的想象，精神世界会日渐萎缩，失去对未来的向往；诺贝尔文学奖获得者库切是从南非迁居到澳大利亚的，在他心目中，自由、荣誉、快乐是至高无上的。这些大师们喜欢在地球上漫步，像行星一般到处流浪，他们心中装着诗和远方。在奔波中，他们将心情调适到写作的最佳状态，将思绪集中在文字之间，他们的身体里、灵魂中自带着文学的细胞、写作的激情。同时，他们的行走，也开阔了他们的体验和见识，促使了灵感的再现，鼓动了心底的文学基因。他们的文字带着体温，带着浓烈的感情，这感情是从心底深处流淌出来的，朴素而自然，直击心灵深处的宁静和深邃，字里行间闪耀着灵动和智慧的光芒。

浩瀚的大自然，包容一切，承载一切，它千姿百态又神奇多变，它启发人的心智，催生人的灵感，引燃人的思维。人世间从来就不乏行走者，而读书与写作的过程就像一朵花盛开的过程，一篇美文、一首小诗，都是生命绽放的花朵。只有走进生活、走进大自然，撷取的文字才能凝重、厚实、茁壮，才接地气、冒热气，才有情怀，才生动感人。

携一缕书香去旅行，利用有限的时间去阅读，去体味书中的滋味，你的心中便拥有了一个色彩斑斓的世界。不论在飞驰的高铁上，还是在空中飞行的机舱里，一种看似随意而又毫无功利的阅读，将会使你的灵魂在不知不觉间得到净化，让你的灵魂获得意想不到的丰盈。

用书籍，搭建灵魂的阶梯

我从小就喜欢读书，随着时光的流逝，读书已渐渐成为一种习惯，一种生活方式。儿时，家里除了几本小人书外，便再没有其他书籍可读，为了读书，只好向同学或邻居借。那时的书真是稀缺呀，每本书都要被多人借阅，为了爱惜书，大多数书都被包上了书皮。

那是个崇尚英雄的时代，记得我读的第一本完整的长篇小说是《闪闪的红星》。当我读完最后一行时，小说里的人物，通过文字生动地再现在我的脑海里，一种为英雄伤感的情绪缠绕着我，使我欲罢不能。我揣测着他们每个人以后的命运，竟久久不能释怀。

可以说，文学书籍给了我无限遐想的空间，我的心随着文字飞翔，文学引领我超越了自我，抵达一个全新的天地。上中学时，有一段时间我迷上了罗曼·罗兰的《约翰·克利斯朵夫》，一连看了好几遍，并因此喜欢上了音乐，梦想着有一天也能优雅地坐在钢琴前弹琴。狄更斯的《大卫·科波菲尔》也是我很着迷的一本书，我非常同情那个被漠视的男孩，并为他的不幸而感到难过。

以后的岁月里，书籍一直陪伴着我，不论是上学还是工作之余，书，一直是我的良师益友，我与书不离不弃。因为爱书，几年前，我曾和朋友一起开了一家书店，白天店里人来人往，熙熙攘攘。到了夜晚，书店却异常安静，那时，我们轮流在书店值班，而我值班选择了晚上，当夜幕降临，我把店门关上的时候，感觉整个世界都被我挡在了门外。看着那一排排、一架架的书，对一个爱书的人来说，会产生一种感动，感到无声的慰藉……我有时写作，有时翻看喜爱读的书，在倦意袭来时，便躺在被图书包围的一张折叠床上，在书香中一觉睡到天亮。那段时光，虽然在常人看来艰苦或者索然无味,但对我来说,它却是最美也是最难忘的。

如今,我对书的情感依旧,如果哪天不翻两页书,便会感到丢失了什么,尤其是在夜深人静的时候。当然,如今读书,更多的是带着一种休闲和随意,不为"金榜题名",不为"黄金屋",也不为"颜如玉"。闲来无事,总喜欢到书店去挑选一些书回来,慢慢品读,慢慢消化。当我自在悠闲地将喜爱的书一页页读过时,书中的况味连同它特有的芳香,便在心中氤氲着、弥漫着,让我感到一种愉悦和安适。

书,是有味道的。一本书的味道,在开卷之后。有时望着书架上一排排整齐有序的图书,就像看着丰盛的佳肴,恨不得一下览尽,但我知道这是一种不现实的奢望。我曾不止一次地想,我们这个年代的人,小时候有大把大把的时间,可遗憾的是,没有更多的书让我们去读,白白虚度了好多时光。而现在的孩子们,有很多很多的书可供选择,却又安排不出时间来读。他们的时间,全让各种课程、作业、补习以及兴趣班占用了。随着年龄的不断增长,我感到精力、体力、视力已大不如从前,却又有那么多书想要去阅读,想起来,多少让人有些无奈。

文学在各种喧嚣之中如灯光一般,它能照见现实,照亮人性之美。铁凝说:"文学是灯,或许它的光亮并不耀眼,但即使灯光如豆,若能照亮人心,照亮思想的表情,它就永远具备打不倒的价值。"她还说,"我们每个写作者,都要牢记文学的责任,文学不能失语,一个文学不强大的国家,不可能屹立于世界民族之林。比如丹麦,虽然疆域不广,但因为有安徒生,一根火柴就可以点亮整个世界。"

我认为,真正好的文学作品,应该能够反映普世价值,赞扬人性的伟大,唤醒人类内心深处的善良。诺贝尔文学奖获得者、秘鲁作家略萨说过:"没有东西比好的文学更能唤起社会心灵。"文学,能反映出一个民族的气质和一个人的教养,通过阅读,我们得以体会生命的温柔、生活的温情;文学,也能让一个人在潜移默化中保持一颗向善的心,成为人与人和睦相处、人与自然和谐相处的一个重要因素。好的文学作品,能用人类原本拥有的闪

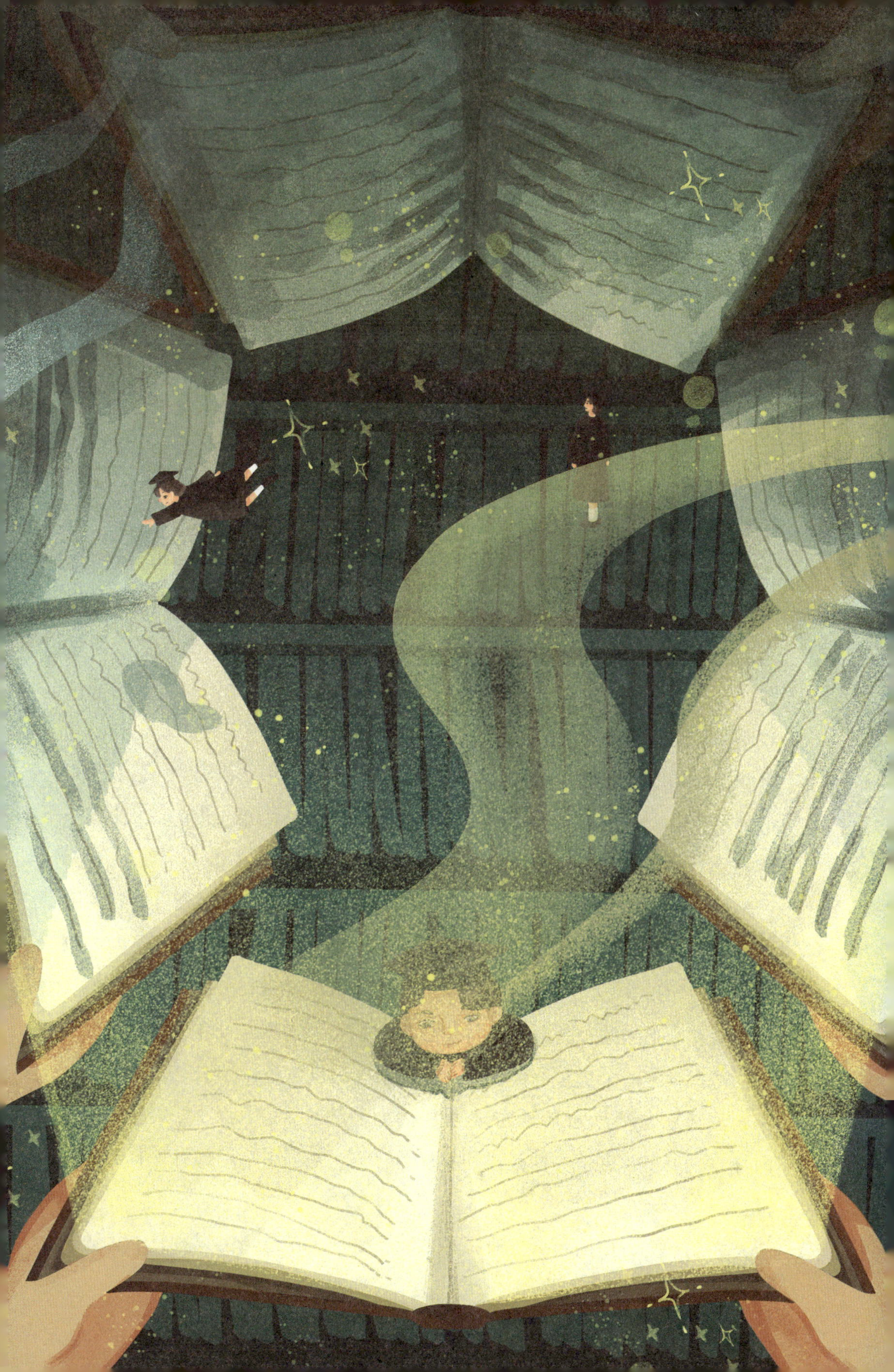

光品性，去感化读者、唤醒读者，它如同琼浆玉液，滋润着你干渴的灵魂。

当然，一个作家，只有真诚地面对时代、面对生活、面对人生，才能写出点亮生命的作品。作家，关乎人类的精神和灵魂，是时代精神的引领者。

记得高中刚毕业时，我常常到图书馆去借阅图书，那一本本散发着墨香的书籍，悄然在我的记忆里生根发芽，每每在我猝不及防的时候，触及我的灵魂。有时最打动人的可能是如海的文字中的某一句话，却让我生出"众里寻他千百度，蓦然回首，那人却在灯火阑珊处"的惊喜。当我在狄更斯的名著《孤星血泪》中读到"爱斯黛拉端着蜡烛应声而来，黑夜中，她像一个明星，照亮了那黑洞洞的过道……"的句子时，眼泪竟忍不住夺眶而出。感谢作者带我走向美好、走向崇高、走向搭建灵魂的天梯。

同样触动我的还有《小王子》，不仅为了悲伤的爱情，也是为了明澈的哲理："沙漠之所以美丽，是因为在它的某个角落隐藏着一口井。"它暗喻着生活里绝望中的希望。"如果你爱上了某个星球的一朵花，那么你只要在夜晚仰望星空，就会觉得漫天的繁星像一朵朵盛开的花。"这句话让我明白爱情的真谛绝非狭隘和自私。好的文学作品会呼吸、生长，会因读者的经历和境遇的改变，产生新的可能性。多少年过去了，关于小王子的记忆在我生命中宛若流星划过，却在不经意间改变了我的价值观，让我不庸俗、不世故地生活着。

每天，我都会尽可能为自己安排一定的时间去阅读，但我更喜欢的读书时段还是晚上。月光似水，万籁俱寂，我端坐于桌前，一边品茗，一边品读，当然有时因为一天的劳累，我也会选择靠在沙发上，或是坐在飘窗上，甚或躺在床上阅读。渐渐地，我便会忘记时间，悠然进入读书佳境，让书籍为每日画上一个优雅的休止符。我读书不追求数量，哪怕每天只读几页书，关键是收获了一份恬淡的心境。因为，是书串起了一寸寸美好的生命时光，是书使我有了一种温暖和幸福的感觉，是书影响和提升了我的精神品位。

人的一生，曲曲折折，有很长的路要走。无论这路上风和日丽，还是风霜雨雪，书都是我的良师益友，它鼓舞着我，让我自信、乐观、充实；它陪伴着我，让我从幼稚走向成熟、从软弱变得坚强，它成为我人生最忠实的见证者。著名作家曹文轩说得好："一本好书，就是一轮太阳。一千本好书，就是一千轮太阳。灿烂千阳，会照亮我们前进的方向，也会让这个世界所有的秘密在我们面前一览无余地展开。"

鹳雀楼，穿越时空的文化地标

"文因楼成，楼借文传。"中国有许多历史名楼，皆以其奇美之景，形胜雄伟，引来了古今无数文人歌吟诵唱。诗文名篇的流传，使这些楼声名远播，能够跨越千年历史风雨，一次次地经过修葺重建，展现风采。文学名篇与风景建筑之间互相依存、互为映衬，一直都是我国建筑文化的鲜明特色，从而使诗文中的建筑毫无疑问地成为当地的文化地标。

作为名楼之一的鹳雀楼，据说是在黄鹤楼、岳阳楼、滕王阁相继修缮之后才开始修复的，不过这丝毫未曾黯淡它为后人留下的光彩。登临鹳雀楼的梦始终生长在王之涣"欲穷千里目，更上一层楼"的反复召唤中。

这一天，来得不算太迟。我穿过那些千古诗句，终于来到鹳雀楼前。宏大的盛唐广场，在古典建筑的萦绕中，显示出大唐的非凡气度，闪烁着历史的豪迈光影。鹳雀楼，这个被一首唐诗照亮的名字，在王之涣的题咏里有了灵性，被人们铭记了一千多年。鹳雀楼高台重檐、黑瓦朱楹、雄伟壮观、结构精巧，不仅占河山之胜，而且具柳林之秀，因其优越的地理位置，前瞻中条山秀，下瞰大河奔流，吸引了无数历代名流、文人骚客兴致而来，登临作赋，尽显才华！

鹳雀楼门楼上高耸着"文萃李唐"的大匾额。左右立柱上镌刻着由著名书法家沈鹏先生题写的楹联："凌空白日三千丈，拔地黄河第一楼。"好一派恢宏气势。登上鹳雀楼顶层的平台俯视前方，但见绿野平畴，隐现在薄雾轻纱之中。微风徐徐，斗拱飞檐上的风铃叮当作响，激荡起我无尽的遐思。鹳雀楼曾目睹过北周的烽火狼烟，浸润过大唐的盛世繁华，冷眼过五代的战乱纷争，熏染过两宋的金风细雨，最终毁于凶悍的蒙古铁骑之下，直至公元2001年才得以重现风采。

我们登至楼中厅堂，一尊尊蜡像活灵活现：女娲补天、嫘祖缫丝、舜陶河滨、大禹治水、关公立马……再现了华夏五千年文明从河东沃土摇曳而来、薪火相传的璀璨历史。

穿过雕梁画栋，信步楼台，但见西南隅矗立着王之涣的铜像。诗人左手持卷，右手挥毫，胸有成竹，笔底生风，千古佳句仿佛刚刚写就。正所谓"诗因楼出，楼因诗名"。崔颢与《黄鹤楼》、范仲淹与《岳阳楼记》、王勃与《滕王阁序》等，无不是名诗与名楼的珠联璧合。王之涣无愧是鹳雀楼不朽的魂魄。诗人将尽收眼底的景象拢收笔底，将胸臆中的万千意象化入诗句，目力望穿千里，笔力荡开遮断望眼的片片浮云。

透过历史的尘烟，我仿佛看到那个赋予鹳雀楼躯体与血肉的人。他就是驻守蒲州城的北周将军宇文护，他在熟视了那鸟鱼相残的一幕后，内心便有了一种巨大的危机感和责任感。蒲州的地盘实在是小如一粒弹丸，就像诸侯列国嘴边的肉屑。蒲州前有悍敌，后临黄河，只要战事稍有懈怠，立时就将身陷绝境。也许是这里成群起飞的鹳雀，引发了大将军的奇想：在河中的洲渚上建一座可以登高观察敌情的瞭望楼吧！未雨绸缪以作防御，这也算是对百姓的一种安抚！于是，当一座巍峨的高楼矗立河中的洲渚上时，大将军又一次听到了鹳雀飞翔时的鸣叫声，他灵机一动，当即就将此楼命名为"鹳雀楼"。

如果说是北周宇文护将军给了鹳雀楼躯体和血肉，那么唐朝诗人王之涣的到来，则赋予了鹳雀楼"灵魂和生命"！

诗人去长安的途中，在蒲州住了一夜，他信步出城，登上了鹳雀楼。在鹳雀楼的顶层，他极目远眺，心旷神怡，巍峨的中条山绵延起伏，从东北向西南逶迤而去，在山的尽头，晚霞似火，落日熔金。望着那落日衔山、水天相接的瑰丽景象，诗人不知不觉便陶醉其中了。是的，太阳将要收去它的余晖，落到大山后面去了，但一泻千里的黄河仍以雷鸣般的轰响和一往无前的力量滚滚向前，奔流到海不复回。诗人久宿的大志、开阔的胸臆、激荡的诗情，在此时喷涌而出，这短短的二十个字与鹳雀楼合二为一，显示出一种神奇的魔力，成就了物与人的千古盛名。此后的一千多年，虽然到过此地的诗人无数，写过此楼的诗词也无数，却无人能够超越。

　　唐朝离我们已很久远了，但王之涣仿佛就在眼前。登斯楼，回溯时空，顿觉思接千载，举目眺望，远山如黛，夕阳残红，渐渐淹没于云蒸霞蔚之中。此刻，鹳雀楼不再仅仅是一座建筑，而是王之涣的一首诗的幻化，它穿越时空，矗立在古与今的转换间。成就了诗歌梦幻的鹳雀楼，联通古今，成为历史和文化的双重地标。此刻，浩荡的诗情在我的血液中澎湃呼啸，最终化为眼前的滚滚黄河奔腾而去……

　　王之涣因鹳雀楼而生，鹳雀楼因王之涣而垂名。据说，诗人的晚景命运多舛，由于官场失意，他归隐田园，遁迹江湖十五年，有多少次击剑悲歌无人知晓，匣中宝剑寒光依旧，可是十五年后，当他出任安县县尉时，却再也没有拔剑出鞘的力量了……这是造物主的天意，还是……

　　耸立在天地间的鹳雀楼沉默不语，在时空的交错变幻中，它已成为地域文化坐标，为慕名而来的游人，留下无尽的追思与回望。

无用之美是大美

此刻,我静静地站在窗前,看窗外细如银丝般的秋雨敲打着树叶,那淅淅沥沥的声音,宛若秋的絮语。

总以为,在我们忙碌的工作生活里,除了追求有用的东西之外,还应该为自己留一点闲适的属于自己的时光,做一些自己喜欢的事情,这样的生活才有滋味。这看似无用的行为,能让人生多一份美好。在静静流淌的时光长河里,浅笑而行,在人间的烟火气息里,寻觅一份诗意的心境。

很喜欢王维的《竹里馆》:"独坐幽篁里,弹琴复长啸。深林人不知,明月来相照。"独坐,无须陪伴;弹琴,无须知音。没有人知道我在竹林深处,只有明月相伴。诗人是在心灵澄净的状态下与竹林、明月悠然相会,体味这恬淡悠闲、淡泊清幽的境界。

生命纷繁复杂,有人争名夺利,不知快乐为何物,而有的人工作生活之余,看书、品茶、弹琴、绘画,沿着内心的指向,于淡淡茶香里,慢享静好岁月,既陶冶了性情,又提升了自我,生活得潇洒自在,有滋有味。其实,人生的境界,说到底,是心灵的境界。唯有心灵的安静,方能成就人性的优雅。

丰子恺先生曾说"绘画有大美而无用",借他自己的话来解释,即:"真正的绘画是无用的,有用的不是真的绘画,无用便是大用。"在浮躁的尘世间,文学、书法、绘画、音乐,这些看似无用的东西,却宛如静夜的月光,抚慰着每一颗荒芜的心。那些无用之美,沉浸在灵魂深处,美得不可名状,美得不可言说。其实,自古文人喜欢做的事,大多是无用的,比如听雨、赏花、写信、观帖、吟诗、抚琴、读书、品茗……在浙江小城富阳,人人都为出自这里的《富春山居图》而自豪,元朝时,年过七旬的画家黄公望在富春山居住，他用四年时间完成了这幅大作。当小城里的人们拼命为名为利忙碌时，黄公望与他的画作，不过是一个看似"无用"之人做了一件"无用"的事而已。然而几百年过去了，当年那位看似"无用"的老人，用清静的心和一支又一支磨秃的画笔，把富春山这方锦绣的山水留了下来，成为这座城市的文化象征。

在漫长人生旅途中，适度放缓脚步，细细品味无用之事带来的静谧和美好，不失为智者的一种选择。

演员陈道明说："现在整个社会都得了'有用强迫症'，崇尚一切都以'有用'为标尺，有用学之，无用弃之……许多技能和它们原本提升自我、怡情悦性的初衷越行越远，于是社会变得越来越功利，人心变得越来越浮躁。但这世界上许多美妙都是由无用之物带来的，一场猝不及防的夏雨或许无用，却给人沁人心脾之感；刺绣和手工或许无用，却带给我们美感和惊喜；诗词歌赋或许无用，但它可以诉说你的心声，抚慰你的哀伤……"陈道明读书、练字、弹琴、下棋，在某些人看来，他所做的尽是无用之事，可就是这跟演戏看似不沾边的"无用"之事，却让陈道明活得风雅、潇洒、清逸，活得宛若一首悠扬的歌。

世人皆知有用之用，却不知无用之用才是大用，无用之美才是大美。无用之美，最常见于读书。读书的目的若只是为了升学、考级，自然是有用，但这样的读书往往并非出自内心的热爱，久而久之，反倒容易使人产生厌倦，很难再有读书的兴趣。书籍浓缩了作者对人生的认识和思考，经典作品更是作家对时代和人生的完美融合，它是开在生命里的文字之花，能使人看到更多人眼里的世界，见识到更多的生活方式，还能让人欣赏到不一样的美景。在正常的工作学习之余，读一些自己喜欢的书，这看似无用的阅读，却能让你在不知不觉中提升涵养和品位，于潜移默化中，收获心灵的愉悦和感动，让你"腹有诗书气自华"，境界得到提升。这种看似无用的阅读，虽不能起到"立竿见影"的功效，却能使你终身受益，它"润物无声""滋养心灵"，于潜移默化中，融入你精神的血液，同时，也提升了你的修为和气质。

在风清月朗的夜晚，听一段好听的乐曲，或是铺开纸墨，临几张颜体小楷，再或者即兴挥毫，画竹画梅画鸟画鱼。如此清雅美好的生活，本身就是一阕词、一幅画、一首歌。

要知道，那些看似无用却美好的事物，是生命中不可或缺的滋养。它能照亮心灵的每一个角落，温暖心灵的每一寸空间。当人生充实而有趣，当生命充满阳光，再繁琐的日子也会有欢乐和希望。内心有光，心中便会有爱——对生命的爱、对生活的爱、对亲朋好友的爱。因为有爱，我们的内心才会强大，生活才充满温馨，内心才不会空虚，不会孤寂；因为有爱，我们才能善良而温暖，内心丰盈，充满光亮。

用无用的态度去做事，会为你带来意想不到的惊喜。就像古人常做的雅事：对月抚琴、焚香品茗、酌酒对弈、听曲赏雪，这些看似无用的兴趣爱好，能使你蒙尘的灵魂得到慰藉，能让你浮躁的心灵变得安静，这宁静来自内心，也只有超越苦乐后的那份宁静，才是最美丽的心境。

然而，在快节奏生活的当下，很多闲雅的东西正在逐渐被消解、被替代。如果不懂无用之美，没有一颗感知万物的心，就感受不到"感时花溅泪，恨别鸟惊心"的细腻哀伤，就不会懂得"疏影横斜水清浅，暗香浮动月黄昏"的唯美意境，也就品不出"星垂平野阔，月涌大江流"的磅礴和开阔。如果说"有用"是一门功利哲学，那"无用"就是一门心灵哲学，它们看似对立，实则又是统一的。

对今天的人来说，学会在"有用"与"无用"的世界里来回穿梭，才能兼顾自己的身体和灵魂。

世间有趣之事，多为无用之事。"春有百花秋有月，夏有凉风冬有雪"，若说无用之乐是单纯的心灵享受，那无用之美则是我们感受四季变换、感受细微日常的能力，它是来自生活全部的闲情逸趣。我们常常对现实力不从心，幸好还有这些无用的美好，宽慰着每一个人。"无用之用是为大用，无用之美是为大美。"它可以舒缓疲惫紧张的神经，慰藉脆弱易伤的心灵，能让人体会到一种精神上的高远与超脱，这种净化心灵的力量，在潜移默化中能让人获得更多的满足与幸福感。有位学生去拜访朱光潜先生，秋深了，见院中积着一层厚厚的落叶，学生便找了一把小扫帚，要为老师清扫落叶。朱先生忙阻止他说："我等了好久才存了那么厚的落叶，晚上在书房看书，可以听见雨落下的声音，可以听到风卷落叶的声音。这个记忆，比读许多秋天境界的诗更生动、深刻。"多么有情趣！这与《红楼梦》中黛玉喜欢李义山的诗"留得残荷听雨声"，舍不得拔掉枯荷叶一样，都有一种萧瑟之美。人生难得听秋声，留得残荷与落叶，不过是为了听秋风秋雨之声。

至今仍迷恋叶嘉莹先生讲古诗词，叶先生九十岁高龄，她站在台上讲古诗词，有学生不理解地问她："您讲的诗词很好听，但对我们实际的生活有什么帮助呢？"叶先生说："你听了我的课，当然不能用来评职称，也不会加工资。可是哀莫大于心死，而身死次之。古典诗词中蓄积了古代伟大的诗人所有心灵、智慧、品格、襟抱和修养。读古典诗词，可以让你的心灵不死。"古典诗词似乎是无用的，但它让我们的心灵不死。无用之美，是人生的大美。"宠辱不惊，闲看庭前花开花落；去留无意，漫随天外云卷云舒"，只有活在生命最初的纯粹里，日子才会过得更加空灵，更加充满诗意。

我与旅行

年少时，我曾读过明代地理学家、文学家徐霞客的游记，他一生志在四方，"达人所之未达，探人所之未知"，走过许多山山水水，所到之处，探幽寻秘，留下许多珍贵的文字典籍。我曾不止一次地想：等我长大了，要是能经常旅行，去饱览祖国的大好河山，那该多好。

那时，我特别羡慕父亲和哥哥，他们都在铁路部门工作，乘坐列车出行，有着得天独厚的条件。哥哥长我6岁，他勤奋好学，成绩名列前茅，如果生在恢复高考的年代，上个985大学可以说是张飞吃豆芽——小菜一碟。后来哥哥脱产两年进修学习，成绩在班上总是遥遥领先。

父亲大学毕业后，被分配到铁道部第一设计院工作，哥哥16岁那年，恰逢父亲所在单位内部招工。当时，国家还没有恢复高考，大批知青还在农村广阔天地锻炼，要在铁路上找个工作实属不易。父亲和母亲商议后，决定让刚上高中的哥哥，退学到新疆铁路设计院一总队后勤部门工作。

70年代中期，因战备需要，国家准备修建黄河地下铁道，在洛阳成立了铁道部隧道工程局。因为家乡在洛阳，父亲与哥哥先后申请调到洛阳隧道工程局设计院工作。

虽然单位在洛阳，施工地点却遍布全国各地，他俩到外地出差是常有的事。接到通知，他们二话不说，匆匆忙忙赶回家，拎起提包便出发，开启一场"说走就走的旅行"。

我很少走出我生活的城市，虽然我所在的城市是十三朝古都，历史文化名城，但对父亲和哥哥的出行，我常常心生艳羡，在他们走出家门的那一刻，我真想插上翅膀与他们一起前往。

1984年，我参加招工考试，被铁路部门录用。感恩命运的垂青，因为我酷爱写作，后来，被安排到铁路文协工作。那时，自上而下对文艺非常重视，各级文协经常组织采风、笔会和写作培训活动，这些活动常被安排在外地，我乐此不疲，宛如一只小燕子漂泊在路上，去追寻明媚的春光。

期间，曾有多次调整工作的机会，都被我婉言谢绝，因为我喜欢这份工作。记得有位哲人说过，一个人最幸福的是，他的爱好与他所从事的工作相一致。我的工作正好满足了我的爱好。我喜欢读书写作，也喜爱旅行，工作与兴趣高度融合，让我如沐春风，充满激情与活力。

在山水间、在荒漠中、在城市与乡村，我用双脚丈量着脚下的土地，在阅读和行走中，寻求精神的契合。任时间在不断跳跃的愉悦中流淌，任心灵在浩瀚无垠的空间徜徉。知名作家陈丹燕说："旅行作家天生就是那只放出来观察世界的鸽子，它是否能带回一条橄榄枝，决定了人们是否要走出避难所，回到世界。"

不论什么方式的出行，不论乘坐列车还是飞机，我都忘不了带上自己喜爱的书，在看书休息的空闲时间，我会留意那些阅读的人，他们看书的神情大都很专注，有的完全沉浸在书籍的世界中，对周遭的一切充耳不闻，目光紧紧追随着书中的文字，当然也有的人读书纯粹是为了打发时光。不管怎样，能捧着书阅读的人，其神态都是那么优雅自然，那么富有魅力。在这过程中，我就像那只鸽子，衔回橄榄枝，构筑起舒适惬意的心灵家园。

近几年，高铁发展迅猛，成为领跑世界的一张名片，我每年都有一张全年定期乘车证，乘坐高铁更加便捷，有时接到单位的通知，又来不及订票，可以随时上车。

当坐在寂静无声、干净美观的高铁车里，阅读便成了一种曼妙的享受，读书也有了别样的韵味。高铁在广袤的大地上奔驰，连绵的群山、连片的田野、房舍、水塘……像一幅幅风景画，在眼前一闪而过，让我的思绪飞向"诗与远方"，飞向书中美妙的"桃花源"。

每次，当我将要踏上行程的那一刻，仿佛将要开启一段心灵释放之旅。有书相伴的旅途，格外充实。我在不知不觉中享受着"高铁已过万重山"

的畅快。

每次旅行，我所选择的读物是不同的，这与距离远近、时间的长短，以及沿途所经历的风光和目的地的特色有一定的关联。如果旅途遥远，长时间乘坐列车，我会多带上几本自己喜爱的书。旅行最大的乐趣在于它的未知性，不同的地域、不一样的景区、不一样的人，一切都是新鲜和美好的，现实中的风景与书本里的风景交相辉映，极大地丰富了我的想象和见识。

记得在1995年的金秋时节，我和另外一名作家一同参加亚欧大陆桥艺术作品巡展。这次巡展，东起连云港，西到北疆阿拉山口，我们所乘坐的列车的终点是新疆首府乌鲁木齐，在乌鲁木齐稍作停留后，将会同其他地方的作家朋友会合，然后一起到阿拉山口。

这是我走出家门，最远的一次旅行。出行前，我做了充分的准备，换洗的衣服、足额的现金，一应俱全。妻子提醒我，这次外出时间长，到的地方多，钱一定要保管好，为了安全起见，还和我一起到商店买了带拉链的腰带，钱放腰带里，心中非常踏实。出发前，我带了几本新出的杂志作为我的旅伴。

与我同行的这位作家长我几岁，是个经常外出的老铁路，我们俩被安排在同一档的下铺，下午3点左右，我俩在洛阳站上车后，各自泡了一杯茶，放在茶几上，一边品茶，一边漫无目的地闲聊。过了一会儿，感觉话说得差不多了，他便起身从旅行包中拿出一本厚厚的长篇小说，津津有味地阅读起来。我清楚记得那是陕西作家陈忠实刚出版的长篇小说《白鹿原》。

列车很快启动，我目送着站台渐渐远去，一切是那么新鲜和美好。过了好久，当我把目光从窗外收回来，对面的那位老兄仍在专注地看书，我站起身从旅行包里拿出携带的杂志翻阅起来。列车轰隆隆地向远方奔驰着，时间在阅读中悄然流逝。

一个多小时后，列车在三门峡西站停下，这是本次列车停靠的第一站，而我带的刊物已浏览得差不多了。虽然我们乘坐的是特快列车，但速度与现在的高铁相比还是非常缓慢的，到乌鲁木齐需要两天一夜。几分钟后，

复活的河流

列车继续前行，我看着窗外的风景，感觉有些审美疲劳了。卧铺对面的那位老兄依旧气定神闲，眼睛紧紧盯在书上。我靠在卧铺上，翻阅着杂志，时间也在不知不觉中流逝。晚上7时许，列车到达西安站。窗外的天空已渐渐地被夜幕笼罩，站台上一排排的照明灯，将车站内照得通亮。我们在列车上吃过晚餐，便海阔天空闲聊起来。我忍不住问他："你还带了什么书？"老兄接着我的话反问："你没带书？咱们这次外出十来天时间，没有书看怎么打发时光？况且，我们平时工作那么忙，正好可以利用闲散的时间多读几本书。"他的话对我内心的触动很大。他一边说着，一边站起身，从旅行箱中取出两本书递给我，一本是路遥的《平凡的世界》，另一本是《新疆旅游》。

我捧起《平凡的世界》，像饥饿的人见到面包一样，津津有味地阅读着，把一切尘世喧嚣，抛到了九霄云外，完全进入到了小说的情节当中。虽然卧铺车厢里并不安静，但这丝毫不会影响我看书的兴趣。斯时，我才真正体会到陶渊明"结庐在人境，而无车马喧"的况味。我完全沉浸在书的世界里……

从此，每次旅行我都会带上不同的书籍，怀着憧憬与好奇，让书籍陪伴旅途抵达美妙的境地。"旅行是一种心态的调整，让你看到更精彩的世界。"这句话是没错的，当我们浮躁，又有许多烦心事时，可以换一个不一样的环境，去思考问题，这样旅行就成了变换心情的金钥匙。

旅行是无字的书，在广阔的天地间行走，脚下便会踏出诗意。心里的千头万绪，即便不落笔，也有激情淌过心头，许许多多的美景，走过看过领略过后，即用眼睛用心抒写了一遍，那种无法言说的美，就很容易变成你笔下的美文。

倾听悲怆

认识柴可夫斯基是通过他的传记《我的音乐生活》一书，但认真地倾听他的《悲怆交响曲》却是在不久前的一天。

我不知道别人听了这支交响曲后有什么感受，但我是真的被震撼了，我被一种悲天悯地的痛苦所笼罩，那无法排遣的悲伤直入我的脊骨，并留下了刻骨铭心的记忆。难怪丰子恺在听了《悲怆交响曲》之后说："他的音乐的底流，全是深刻的悲哀。"

阳光对每一个人来说都是一样的，可是人们的感受却不相同。在柴可夫斯基看来，现实距离理想太遥远了！他是一个忧国忧民的知识分子，他痛恨人世间的不平等，厌恶卑劣的人生，对当时俄国社会的种种现象感到失望。广袤的俄罗斯大地哺育了这位音乐家，同时也把悲剧性的民族精神刻在了他的心上。

正如文学作品会流露出作者的主观想法，乐曲也是音乐家对音律的感悟，是他们人生的最好诠释。

柴可夫斯基创作的《悲怆交响曲》，一方面是对世界的悲哀的感受，不时受到"强烈的、无法形容的惆怅之情的侵袭"；另一方面又无比快乐，觉得一生中"从来也不曾感到这样满意，这样骄傲和幸福！"而在这种心境中孕育出的悲怆，既是他最悲哀的乐曲，又是他最优秀的作品。曲中渗透着忧伤绝望，也充满了对理想境界的热烈向往。

柴可夫斯基的一生并不幸福。他生性胆怯而敏感，不善交友，年轻时当教师，生活清贫，只好寄宿在大音乐家尼古拉·鲁宾斯家，连大衣都是借人家的。他一生没有真正热烈地恋爱过，其婚姻是平庸而神秘的。比他年长的"富婆"梅克夫人曾让他真正动情，却又始终只是他精神上的恋人。

柴可夫斯基晚年的生活是孤寂和沉郁的，《悲怆交响曲》完成后，他告诉他侄儿达维多夫，这是他的安魂曲。这话不幸言中，就在《第六交响曲》首演后不久，柴可夫斯基去世了，这部被他称为"把整个身心都融进去了"的经典，也成了他的登峰造极之作。

悲怆，是柴可夫斯基一生的主题，他留给这个世界的，是他用一生的奋斗所证明的，一种饱含着痛苦的爱。音乐（包括其他文艺作品）往往与作者本身的精神特征相符。像莫扎特这样充满与生俱来的灵气的天才，能够藏起自己的不幸，献给人们永恒的阳光。他的音乐之中，敏捷和轻快尤显出色；而贝多芬用痛苦换来欢乐，体现在"命运""英雄"中的则是一种坚强的和驾驭音乐的力量；由此推及柴可夫斯基那充满忧伤的作品，就可以理解了。坎坷曲折、孤独痛苦，不平坦的艺术里程不仅体现在音乐家身上，也体现在许多执着追求人生理念的艺术家身上，我们为他们的遭遇不胜悲悯，又因他们的追求备受鼓舞。在潸然泪下的同时，我们看到了真与美的闪光，领略到一种庄严的美、悲怆的美，这时候谁能在无边无际的绝望中发出一声高亢而令人振奋的呼喊，谁就在精神意义上获得了艺术血脉的传承。

读罢荆轲的"风萧萧兮易水寒，壮士一去兮不复还"、陈子昂的"念天地之悠悠，独怆然而涕下"、李白的"孤帆远影碧空尽，唯见长江天际流"以及曹雪芹的《红楼梦》、托尔斯泰的《复活》，等等，都会有一种和柴可夫斯基《悲怆交响曲》同样的感受，只是音乐是情感的艺术，它深深拨动了人心的哀弦，而文字则更细致而游刃有余地塑造了悲剧性格，表现了悲剧冲突，揭示了悲剧成因。

悲剧性的作品当然要令人生悲，但它同时也使人奋进，使人产生美感。倾听《悲怆交响曲》，悲从中来，黯然神伤，唏嘘不已；同时又一定要坚持听下去，就是因为人们从悲中也获得了极大的审美愉悦。愚蠢的人容易快乐，而痛苦往往是很深刻的，这也就是为什么悲剧比喜剧更有力量。

品茗

不知何时我爱上了品茗，觉得品茗的滋味最像人生。

我喜欢品茗，无论是独啜，还是邀三两好友聚品，都是在一种"醺醺而不醉"的境界中进入状态。看着茶色由深而浅，心情便随着茶叶在杯中起起落落的韵律，舒展出几分惊喜和美丽。把盏而啜，于氤氲的气雾中品茗，其中的茶之道，便在此时袅袅地散开来。"清冽而闻幽泉之音，碧绿而见三春之形，氤氲而闻土地之气。"将做人与品茗融为一体了。捧壶执盏，细呷慢啜，任苦往甘来，看云卷云舒，千般惬意，万般散淡，自不待言。

茶叶是中国人喜爱的饮品，其特殊的功效已被越来越多的人所认识。饮茶的习惯几乎遍及大江南北的每一个角落，有朋友来，泡上一壶好茶，汤色清亮，香气馥郁，氤氲的水汽荡漾室内，袅袅茶香飘散而出，细品着鲜爽清醇的滋味，回味着香气幽馥的甘甜，友情便会缓缓流动，诗兴自会越来越健，情谊便会益显深笃，其人生乐趣可见一斑。

好茶、好水、好火，还要有好品位、好境界来消受。爱茶，性必空灵，茶香缭绕，一飘千年，其间文人雅客，赖它降浊升清，清心明目。吟哦"莫道不消魂，帘卷西风，人比黄花瘦"的李清照，婚后以茶为趣，每日清晨午后，于藏书壁立的"归来堂"中，与夫君赵明诚煮茶论史，经茶助学。鲁迅先生，一杯在手可以和朋友作半日谈，亦留有经验：有好茶喝，会喝好茶，首先须有好功夫，其次是练习出来的感觉。先贤逸兴雅趣，令人心向往之。

我去的茶馆不多，但有家休闲茶馆，我却有些偏爱。它的动人之处在于有一种远离市嚣的幽静。耽饮于此，即便是一盏浅注，也能让你如临清流，如卧绿茵。所以饮茶时须有一种悠闲的心态，闲则静，静则定。在静寂中超逸于俗务之外，在静寂中回归自然。

　　品茶可以不分场合，或独坐在桌前于小憩中慢慢品啜；或手中捏着茶杯，放眼窗外，去欣赏书斋以外的景物；或独坐质朴的田园，任细雨清风拂面，即使在红尘俗事中，只要能保持"一片冰心在玉壶"的心境，未尝不是处处皆禅味，步步生清风。此时，不论你心里曾有多么汹涌翻滚，又怎能不平静下来？茶的本味是清淡，一个"清"字，乃从心中得来。遗憾的是我们清淡的欢愉已日渐失去，追求清淡的心也愈来愈淡薄了。

　　得益于经常外出旅游的机会，我有幸在茶的故乡品尝了一些名茶，我到过湖南洞庭湖的君山，品尝过"君山银针"的幽香；我到过江西庐山，品尝过云雾茶的味醇；我到过杭州，细啜过龙井茶的清冽；我到过福建九曲溪畔，领略过武夷山"大红袍"的韵味……在游览名胜、观赏青山秀水的同时，品赏山水孕育出的佳茗，怎能不令人回味迷醉？

　　一年四季、春夏秋冬，当我伏案写读的时候，喜欢摆上一杯茶，淡饮浅尝，其味道清冽而醇厚，一杯浓浓的茶中，好像蕴藏着五千年悠久的历史文化。有时我喜欢打开唱机，一边欣赏着音乐，一边在优美的旋律里翻开我喜欢看的书，同时，慢慢地品着一杯酽茶，自己便沉浸在一种诗意里。一盏浅注，清气馥郁，渗透人体，弥漫于不易觉察的空间，着实令人神怡。我喜欢借茶来消除烦躁和郁闷，借茶来放松绷紧的神经。饮着茶，我的思路就能从纷杂中理出头绪，从心乱紧张中平和下来。

　　品茗是一种乐趣，是一种既可清神益智，又可修身养性的享受。我独爱它那淡淡的幽香和涩涩的苦味。品茶需要的是一种心境、一种感觉，但真正喝出它的"味"来却并不容易。

黄河石缘

近几年来，收藏之风盛行，作为一种文化现象的石头，自然也在人们的收藏之列。从小我就对石头有种特殊的感情，那时，我常沿着河边玩耍嬉戏，见到赏心悦目的石子便将它收集起来，对那些光滑圆润、五彩缤纷的小石头，我更是爱不释手。然而，随着年岁的增长，冗杂的事情缠身，对这些"爱不释手之物"我竟无暇再去顾及，细加探究，竟怪异地发现，不知不觉中难顾及的，岂止是石子，失去的还有难以再现的情趣和童真。

黄河小浪底截流后，那"高峡出平湖"的山景水色，吸引了众多的游客，我曾多次到小浪底参观游览，仿佛有种心灵的默契，每见路旁河畔玩石者采石，我总忍不住报以羡慕的一瞥。一次，我陪同外地一位朋友游览小浪底，归来途中，这位朋友谈到黄河石，他说，他对黄河石情有独钟，想到黄河边碰碰运气。

为满足朋友的喜好，也为了自己的夙愿，我们驱车绕道，直奔石料场。非常幸运，在距小浪底工地不远处，有一堆堆新挖掘出的石头，我们直奔上去，一头扎进石头堆中，如饥似渴地寻找着自己的心中之爱。我用目光搜寻着，虽不经意鉴赏，倒也不急于动手。俗话说："踏破铁鞋无觅处，得来全不费工夫。"不到两个小时，我终于发现了自己中意的石头。这石头比拳头略大，形状椭圆，石上清晰地缀饰着几枝桃花。这桃花或含苞或怒放，恰似盛开着的一片片春色。"桃之夭夭，灼灼其华。"我禁不住吟出了口。我心迷神醉地将它视为珍宝，把它带回家后，经过打磨、清洗、上蜡、配座，它便堂而皇之地端坐于我的桌案上，从此，在读书、写作累了的时候，我便目不转睛地望它几眼，这样相视久了，总觉得它是有心息、有呼吸的生命。有时兴之所至，也会拿它入手中摩挲再三。

第四辑 文化时空

不久前，我出了趟长差，回到家后，我做的第一件事便是直奔桌案前，去看我的黄河石。没承想，往昔灰黄的纹理和精神，此时却显得黯淡少色，恰似饱经沧桑的老人脸上的皱褶，又如久卧病床缺少亲人照顾而憔悴的病人。我知道这是缺少关爱与呵护所致，心中霎时生出几分自责。我赶紧取来抹布，为它擦拭，为它梳妆打扮。经过我的一番努力，石头又恢复了昔日的光泽和风姿。我又闻到了它的花香，再次看到了春的灿烂。

久而久之，我与这块黄河石便有了难解的情缘，平日只要坐在桌前，总要向它投去敬慕的一瞥，虽然彼此什么话也不说，但"此时无声胜有声"。夜读的时候，看着它亭亭立于案头，便有种"红袖添香夜读书"的风雅，心中油然生出几许怀古的思绪，笔耕也平添了几分生气。

三尺书桌是心灵的一方净土，而这块奇石则是净土中与我对弈的仙兄道长，我们朝夕相处，倾情相守。

有灼灼奇石相伴，我的生活自添了几分情趣。

第五辑

诗意邂逅

长忆汉关总是情

想象中，古隘难免荒凉。可临近洛阳新安的汉函谷关时，温煦的春风从四野赶来，使得关址上的旌旗猎猎作响，一行采风的作家来到这里，沉寂的关隘霎时热闹起来。

涧河水清澈见底，由西向东悄然流淌，一座木桥横跨南北，勾连起通途。岸边的柳树，远看一片嫩绿，近看似乎还没发芽的迹象，此时此景，恰是"草色遥看近却无"的早春时节。

遥想2000多年前的西汉武帝时期，这里曾是东来西往的咽喉要塞，车水马龙一片喧嚣。而今，这座著名的古隘汉函谷关，却只是把曾经的风光留给了史书。我国共有两座函谷关，一为秦关，一为汉关（即汉函谷关）。"因在谷中，深险如函，故名函谷"，西汉贾谊《过秦论》开篇所写"秦孝公据崤函之固"的"函"，是指河南灵宝函谷关。所以，陕西地界时至今日依然被很多人称为"关中"。

然而，到了汉武帝元鼎三年（公元前114年），"时楼船将军杨仆数有大功，耻为关外民，上书乞徙东关，以家财给其用度。武帝意亦好广阔，于是徙关于新安，去弘农三百里。"战功卓著的新安人杨仆，因为耻为关外人，就奏请武帝把陕西函谷关东移到新安境内，把自己的身份变成了关内人。汉函谷关完全仿制秦函谷关，至今，"鸡鸣""望气"二台仍能看见。

东迁后的函谷关，名字里多了个"汉"字，用于和秦函谷关区分。这不是徒慕秦关的遗风，实是因为汉关所处的地理环境与秦关有着异曲同工之妙。汉关位于秦岭东段余脉的涧河河谷，西有奎楼山、东有八徒山、南有青龙山、北有凤凰山，四山环抱，更有涧河、皂涧河之水，环绕其奔流。

函谷關

建关隘于此，便能很好地控制洛阳盆地几面的交通，更是西安至洛阳之间的重要关隘。据《水经注》记载：函谷关"即《经》所谓散关。郭自南山，横洛水，北属于河，皆关塞也"。由此得知，古函谷关北至黄河岸，南到宜阳，关塞相连，在军事上发挥着重要作用，成为历代皇帝和军事将领所瞩目的武备要地，文人墨客也多有题咏。北周武帝时，曾改函关城为通洛防，为北周东境备齐要隘。

东汉李尤《函谷关铭》称"函谷险要，襟带喉咽"，又谓"元鼎革移，错之新安。舍彼西阻，东即高原。长墉重阁，闲固不逾"。文中对汉函谷关的形势进行了言简意赅的说明，并交代了汉元鼎年间杨仆移关新安的史实，另从"长墉重阁"一句中，我们可以看到当时汉函谷关的城墙很长，关塞为二层以上楼阁式建筑。据载，1923年汉函谷关曾做过一次修复，修复后的汉函谷关高38米，南北长33米，东西宽20米。关楼保留着民国时期修葺后的形制。站在关楼脚下仰望，头顶青石斑驳，俯瞰脚下，古道漫漫。关楼为三层，底层为平垛，中有拱形门洞，可供通行。东西洞门，各有一副对联，东门联为"功始将梁今附骥，我为尹喜谁骑牛"，西门联为"胜迹漫询周柱史，雄关重睹汉楼船"。这两副对联说的是老子出关、"紫气东来"的典故。在平垛上，周围为寨垛，中间是两层阁楼。中层四门对开，上层为八角楼。四面开窗，飞檐画栋，八方翘角之上，各系一个铜铃。在西门门额上有康有为题写的"汉函谷关"四个遒劲有力的大字。

沿着台阶登临关楼，眼前仿佛浮现出2000多年前发生在这里的一幕幕故事。想当年，这里巍峨的城墙延绵山间，北至黄河岸，南到洛河畔，形成了数十公里的屏障，唯有通过城门，方可出入此关。特别是东汉王朝定都洛阳后，它更是成为了以洛阳为起点的丝绸之路的必经之地和第一要塞。虽然如今的汉函谷关残缺破败、杂草丛生，但整体轮廓依稀可见，透过汉代史书般厚重的夯土层，一个大一统帝国的雄伟形象呼之欲出。

从东都洛阳的盛世繁华，到塞外的黄沙驼铃，其间不知穿行了多少道

关隘，被车轮碾出了多少道印痕。在关楼遗址东西两侧长约 400 米的古代道路遗迹上，有宽窄不等的古道。沿着涧河北边的木栈道向东，在木栈道的下方石道上，那一条条深深的车辙，是千百年来长久碾压形成的痕迹，向人们无言诉说着当时旅途之艰辛、行路之艰难。

丝绸之路，绵绵悠长。崤函古道是古时洛阳至潼关这段道路的统称。古道临黄河南岸，穿越崤山，是东西往来最便捷的通道。公元 73 年，东汉班超受命从东都洛阳途经汉函谷关出使西域，"重开丝路，经营西域"后，丝绸之路向东延伸到了洛阳。在这里，仿佛仍可看到客商络绎不绝的交通盛况和繁忙景象。唐代边塞诗人王昌龄的诗"秦时明月汉时关，万里长征人未还"，道尽了战争的悲壮与凄凉，以至明代诗人李攀龙将它推为唐人七绝的"压卷"之作。这里的"秦时明月""汉时关"，虽没特指哪个关隘，但诗人为我们描述了 2000 年前关隘的景象：一轮明月，照耀着关塞，不知有多少人"万里征战"，又不知有多少将士"马革裹尸还"。杜甫的《三吏》《三别》，深刻写出了民间疾苦及在乱世之中身世飘荡的孤独，表达了作者对备受战祸摧残的老百姓的同情：

客行新安道，喧呼闻点兵。
借问新安吏："县小更无丁？"
"府帖昨夜下，次选中男行。"
"中男绝短小，何以守王城？"
肥男有母送，瘦男独伶俜。
白水暮东流，青山犹哭声。
……

杜甫的这首满含悲愤的《新安吏》，就是诗人从洛阳回华州途中，路过新安时看到征兵的情景写下的。

历史的长河奔涌不息，时代的车轮滚滚向前。这座关隘矗立了两千个春秋，经历了两千载风雨，见证了一个又一个王朝的荣辱和兴衰。在对汉函谷关遗址及周边区域的考古发掘中，出土了大量与丝绸之路联系紧密的文物。可以想象到，在崤函古道石壕段，一关一道，都是丝绸之路西行必经之地，为中原敞开了通往西域的大门。而今，汉函谷关依旧矗立着，默默讲述着古今兴亡，静静观看云卷云舒。而在汉函谷关的南北两侧，陇海铁路、郑西高铁和 310 国道上，川流不息的车辆日夜奔驰，这是新时代的丝绸之路，它伴随着人们的幸福生活，不断向远方绵延。

走进函谷关，回望的并非只是一段风景……

垓下悲歌

一个细雨蒙蒙的秋日，在当地朋友的带领下，我沿着弯曲的乡间小路，来到位于安徽省灵璧县城东南沱河北岸的韦集镇垓下村。展现在眼前的是一片空旷和寂寥的原野，这里曾是楚汉争霸的古战场，站在这块被将士鲜血染红的土地上，我不由心生感慨。公元前206年，秦王朝灭亡后，形成了以项羽和刘邦为代表的两大政治军事集团。他们为了争夺农民起义的胜利果实，进行了殊死搏斗。在四年多时间里，大战七十次，小战四十次，刘邦屡战屡败，身受重伤。公元前205年至公元前203年，楚汉两军在河南荥阳一带进行了一次决定性的大战。一开始，楚军比较强大，但由于在政治上和战略上不断发生错误，楚军逐渐失去主动权，双方形势发生了根本性的转变。

公元前203年，与汉军对峙于广武的楚军粮尽，而刘邦也没能调来韩信、彭越等人的军队，无法对楚军进行最后的合围。于是，双方进行了历史上著名的"鸿沟和议"，以战国时魏国所修的运河——鸿沟为界，划分天下。随后九月，西楚霸王项羽率十万楚军绕南路、从固陵方向的迂回线路向楚地撤军。刘邦也欲西返。此时，张良、陈平却建议撕毁鸿沟协议，趁楚军疲师东返之机自其背后发起突袭。

刘邦采纳了这个建议，遂背约，向楚军突然发起战略追击。大军追至夏南时，刘邦约集韩信、彭越南下，合围楚军。公元前202年，刘邦亲率主力大军追击十万楚军至固陵（今河南太康）。但此时，韩、彭二人没有一个出兵配合刘邦。项羽知道后，于清晨在此发动突然反击，斩杀汉军两万余人，再次将汉军击败。刘邦慌忙率军退入垓下，并筑起堡垒坚守不出，而楚军又一次合围了刘邦。

第五辑 诗意邂逅

刘邦万般无奈之下，向张良寻求破敌之策，并采纳了张良的意见，将陈以东至大海的大片领土封给齐王韩信，睢阳以北至谷城封给彭越，就这样，刘邦以加封土地为报酬，终于搬动了韩、彭二人，使他们尽数挥军南下，同时命令刘贾率军联合英布自淮地北上，五路大军共同发动对项羽的最后合围。垓下之战随之开始。当时的情况，楚军处于绝对的劣势。十万楚军缺粮已经数月，而汉军联兵约五十万，且粮草充足，士气旺盛。

在这种情况之下，韩信三十万主力与刘邦本部军合兵一股，向困守于垓下的十万楚军发起了最后的进攻。项羽立刻率十万楚军发动中央突破作战，矛头直指韩信本部。一路上，汉军如乌云一般层层叠叠，一眼望去，漫山遍野。项羽率十万将士猛打猛攻，直杀向韩信本人。经过惨烈的厮杀，项羽最终没能突破汉军阵线，韩信不断地向后退却，始终没有出现在项羽面前。而项羽过于猛烈的冲锋，明显拉开了军队前后的距离。楚军队形越来越散、越拉越长，渐渐失去了紧密的队形和互相之间的配合。

汉军向项羽和楚军前锋骑兵反扑而来。项羽见势不妙，立刻率领残存骑兵突围，冲开汉左右军的包围，退回营中。此战，楚军阵亡四万余人，被俘两万，被打散两万，仅剩不到两万伤兵随项羽退回营中。

随后，韩信率领全军彻底包围了楚军大营。此间还歼灭了被打散的两万余楚军，没有给项王收拢散兵的机会。在张良这样的高人策划下，汉兵在夜里大唱楚地民歌，导致楚军军心涣散，没几天，士兵就跑了一大半，项羽非常惊讶，他认为有这么多人在唱楚歌，一定是楚地已经全部被占领。其实，唱楚歌并不新鲜，当年刘邦被封为汉王，他的部下就吟唱楚歌表达思乡之情，不愿意随刘邦到巴蜀之地，当时就有很多人逃跑了。没想到几年过去了，同样的楚歌竟让项羽惊魂不定。

英雄、骏马、美人往往是文学作品的至爱，表达人们的一种向往，项羽有骏马乌骓，有美人虞姬。他帐中饮酒，慷慨悲歌，泪滴几许，赋歌悲吟："力拔山兮气盖世，时不利兮骓不逝。骓不逝兮可奈何，虞兮虞兮奈若何！"唱了数遍。虞姬也拔剑起舞，并以歌和之："汉兵已略地，四方楚歌声。大王意气尽，贱妾何聊生。"歌罢，虞姬为激发项羽的斗志，遂伏剑自刎，留下了"霸王别姬"的千古绝唱。接下来便是众人皆知的霸王突围、项羽自刎乌江，至此垓下决战结束。发生在这里的楚汉战争，是双方最后一场大战。汉王刘邦和西楚霸王项羽是与这场战争联在一起的两位历史人物。民间广为流传的"四面楚歌""十面埋伏""霸王别姬"等优美动人的故事均出自此。这场战争，是以数十万个血肉之躯化作腥风血雨而融入垓下的土地作为代价的。汉王刘邦在此役中消灭了西楚霸王的有生力量，以项羽自刎乌江而结束了楚汉之争。刘邦统一了中国，建立汉朝。从此，垓下成了项羽走向灭亡的代名词，人们习惯将项羽与垓下联系在一起。究竟项羽是胜利的失败者，抑或刘邦是失败的胜利者，都已成为过去，对楚汉两军曾经上演过的历史一幕，仁者见仁，智者见智。正像一首歌里所唱的："数英雄，论成败，古今谁能说明白……"但不管怎么说，楚汉之争确实使一代枭雄项羽——这个曾经"力拔山兮气盖世"的英雄滑向了毁灭的深渊。这是不争的事实。

查一查项羽与刘邦的历史，两人真是天壤之别。项羽是贵族的后代，是力能扛鼎的西楚霸王；刘邦是沛县小混混，一个平民百姓。然而两个人较量的结局是：刘邦知人善任，麾下群臣携手，同心同德，最终打败了兵多将广、不可一世的项羽。作为对手，项羽完全没有意识到刘邦的强大。他孤傲自负，刚愎自用，一意孤行，一错再错，终于兵败垓下，自刎于乌江。

但不论怎么说，他们都是英雄。项羽是本色英雄，他所表现出的是自己的英雄本色，因此在"成者王败者寇"这样一种历史传统中，项羽依然能得到人们的凭吊同情。刘邦是时势造出来的英雄，他顺应了那个时代的潮流，完成了时代赋予他的历史使命。

枭雄也好，英雄也罢，都不过是历史的匆匆过客。对其个人而言，谁也没有绝对意义上的输与赢。"滚滚长江东逝水，浪花淘尽英雄，是非成败转头空……"历史的一页已经翻过，这个曾经为称雄争霸而流血的垓下，"青山依旧在，几度夕阳红"。

复活的河流

最美的遇见

"世界上有许多种遇见，最美好的，莫过于，在我最美的时光里与你相遇。"这是游览东海西双湖后我的一种真实感受。我与西双湖似乎是命中注定要相见的，因为前一天傍晚，来自不同地方的十四名作家相聚在朱自清的家乡江苏东海，大家聊得尽兴，喝得也开心，不知不觉间，便有了几分醉意。返回宾馆时已近午夜，好客的东海朋友再次提醒大家："没有去过西双湖的，明早7点，在宾馆门口统一乘车去看一看。"大家有说去的，也有说不去的，我也曾犹豫去还是不去。翌日清晨，从睡梦中醒来，仍多少有些昏沉，便赖在床上看手机，出发时间快要到了，冥冥中，我感觉有一种声音在召唤我，这一定是来自西双湖的召唤。为了不留下遗憾，我迅速洗漱后下楼，此时已有不少人坐在了车上。汽车正点出发，路上难见几个行人，几个身穿黄色防护服的环卫工人在辛勤忙碌着，他们用勤劳的双手美化着这座城市。

西双湖，是我到了东海才听说的，多少有些"藏在深闺人未识"的感觉。这名字，让人很自然地联想到杭州的西湖。坐在我身边的朱老师算得上是"当地通"了，他告诉我，西双湖位于东海县城西郊，是五十年代修建的人工湖，一桥横跨东西，两湖中分南北，故称西双湖。汽车很快就到了西双湖景区大门口，我们换乘电瓶车开始环湖游览。虽是盛夏，连日的小雨，却让人感到分外凉爽，我喜欢这样的天气。电瓶车在景区徐徐前行，小路两边尽是美景，那错落有致的花草和一棵棵繁茂的大树，以及时隐时现的西双湖，充满了诗情与画意，也给人许多遐想的空间。

远远地，我看见蓝天白云下，荷兰风车被各种鲜花锦簇着，我们走下电瓶车，那柔软如地毯般的草地，那一列列一排排一片片金黄色的花朵，是这里的主色调，给人强烈的视觉冲击力。这些花一门心思尽己所能地盛开，愉悦了每个前来观赏者的眼眸和心灵。站在这些花朵的身旁，我仿佛能听见花枝拔节的窸窣声响，而我那颗被岁月尘世磨出了硬茧的心，在这一刻竟渐渐地变得柔软了起来。谁也不愿意错过这美好的时刻，我们纷纷拿出手机，抛开了矜持，以风车为背景，把美好和快乐留住，让这一刻成为生命中最美好的记忆。毕竟，人是自然之子，对自然中美的东西，是不能视而不见的。但凡有碧水、绿树、蓝天、白云、花朵的地方，都自带芬芳的气息，而作为有思想的人，谁都不会无动于衷的。有些人，自以为看透了一切，自以为成熟，殊不知却把本该有的纯真和浪漫也丢失了，这对一个作家来说是多么可怕的事情。

　　在荷兰风车不远处，是一座栈桥，栈桥伸入湖中数十米，桥上摆着各色赏心悦目的花卉。我站在栈桥上，清风吹拂着脸颊，环顾四周的湖水，顿觉心胸一下开阔了起来。微风拂过湖面，湖水泛起一丝丝涟漪。我曾去过许多地方，见过许多的湖，但像西双湖的水质这么透明澄澈的，并不多见。西双湖宛若一块巨大的温润的玉，水清得可以照见岸边的树、湖边的人。看着桥下成群结队的游鱼在湖水里自由自在地游玩，我竟生出几分羡慕来。

　　湖水随着天空的阴晴而发生着微妙的变化，这变化与湖水的深度也有关系，湖水越往湖中心颜色也越深，它由清变绿、转而变为深绿，像一块偌大的翡翠。西双湖极为开阔，站在栈桥上，远眺湖的对岸，那一片片绿色的芦苇、一丛丛天然的绿草，以及湖边一棵棵葱郁的树木，绿色的植物葱葱郁郁地生长着，湖面绿波荡漾，湖边芳草萋萋，此景只应天上有，人间能有几回闻？西双湖的美景就像一幅平铺着的巨大的水墨画，而我也成了画中的一部分，而西双湖南岸，那一棵棵高大的法桐树碾盘般粗壮，挺拔如顶天立地的巨人，皲裂的树干仿佛在诉说着岁月的沧桑，我仰望直插云天的树枝，浓密的树冠撑起了一片蔚蓝的天空。树上众多的鸟儿汇集在一起，正放开嗓门歌唱新的一天的到来，它们有的也许在天空中飞累了，来这里歇息一下，有的则看中了这里的环境，把家长年安置到这里。这里

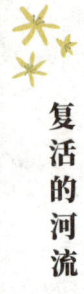

凉风习习，禽鸟啾唧，枝摇影动，树荫匝地，一大早就有许多市民来到这里，或看书，或下棋，或聊天，怡然自得，个个脸上写满了笑意，充满了幸福和对美好生活的向往。

但凡有水的地方，总是充满了灵气，西双湖风景区碧水荡漾，花红柳绿。"虹桥"，是西双湖又一景观，远远望去，长虹卧波，十分壮观。在东海参观游览期间，我曾多次目睹此桥，也听到了当地人所讲的关于虹桥及西双湖的许多动人的故事。

阳光洒满湖面，湖水闪耀着波光，南堤下成片的荷花在微风中轻轻摇曳，这里的荷花开得真好，使我不由得想起南宋诗人杨万里的"接天莲叶无穷碧，映日荷花别样红"的诗句来，这是诗人吟诵杭州西湖美景的诗，但我在这里借用他的诗，来礼赞西双湖的荷花应是再恰当不过了。此刻，面对西双湖，我已没有更好的语言来形容和表达了。人，大抵上都是爱做梦的。在这里，我竟有点如梦似幻的感觉。虽然我早过了做梦的年龄，但此情此景，真的宛若在梦中。

坐上返程的汽车，我的心中依然萦绕着西双湖的景色。估计许多到过西双湖的人和我一样，回到喧嚣的都市，梦中却经常飘到那湖水粼粼、绿草红花的西双湖。假如把东海比作一位青春靓丽的女子，西双湖则是那一双脉脉含情的眼睛，波光万顷，千般娇媚，闪烁着青春的光彩。蓦然想起张爱玲说过的话："于千万人之中遇见你所要遇见的人，于千万年之中，时间的无涯的荒野里，没有早一步，也没有晚一步，刚巧赶上了。"的确，在我无数次的寻觅中，西双湖，原来你也在这里。而那一次次的深情互望，胜过千言和万语。西双湖，你已成为我东海之行中，最美的遇见。

诗意的邂逅

前不久,我到潼关参加一个文学笔会,再次与山西永济作协傅晋宏先生相遇。他博古通今,不仅是一位作家,同时还是一位文化学者。每次相见,他都要绘声绘色地为我们讲述家乡的永济普救寺,讲张生与崔莺莺的爱情故事,并特意说,这个张生与我同乡,都是洛阳人。张生与崔莺莺在普救寺巧遇,然后产生了爱情。我是洛阳人,应该到这里看看,兴许也有一场美丽的邂逅呢!

明知他在调侃,但不管怎么说,我终被他的盛情打动。虽然一连下了几天的雨,气温骤降,而我又只穿了一件短袖,连雨伞也没有带,但我仍然坚定地跟着傅先生出发了。

从潼关到永济原本不到一个小时的路程,我们却走了三个小时,原因是在傅先生看来,一路上满眼皆景。他带领我们参观了"潼关古城遗址""抗战碉堡遗址""风陵渡黄河大桥"等地。其实,这些在我们眼中看似平常的地方,在傅先生的眼中却都被赋予了丰富的历史和文化内涵。对傅先生的博学和热情,我和洛阳的另一位作家赵向颖是心存羡慕和感激的。

汽车终于在永济的一个特色小吃店门口停下,此时天已完全黑下来,而雨仍旧不停地下着。我坐在餐桌前下意识看了一下手表,已是晚上八点,我们真的感觉到饿了,为了不影响明天的活动,我们匆忙吃过晚饭,与傅先生一行一一握别,便回到酒店休息。

翌日上午,淅淅沥沥的雨仍然下个不停,傅先生原本担任本地"夏青杯"朗诵大赛的评委,但为了陪同我们参观,只得请假,因为连续多天下雨,气温骤然下降,傅先生从家中为我们带来了衣服和雨具,我们冒雨先游览了鹳雀楼,然后便驱车直奔普救寺。从鹳雀楼到普救寺,开车约十分钟。

汽车刚上路不久，远远的我们看到一座耸立的高塔，傅先生说："这就是普救寺了。"

普救寺原本是佛家寺院，然而，大多数游客到这里来，并不是为了烧香拜佛，而是为了张生和崔莺莺的爱情故事，这当然也包括我在内。

一个流传至今的爱情故事，就发生在眼前的这个黄土塬上。这塬有个好听的名字叫"峨眉塬"，塬上有座普救寺，寺里有座形制古朴、蔚为壮观的塔，这塔几易其名，如今更名为莺莺塔。这个莺莺就是王实甫杂剧《西厢记》里的主人公莺莺小姐了。最初，我很纳闷，佛门净土，居然成了爱情圣地，最终把建塔的初衷也给颠覆了，后来，看着熙熙攘攘参观的游客，我便有些释然了。这也算与时俱进吧，同时，也从侧面印证了《西厢记》的影响力和文学的分量。

美丽的爱情，总能撼动人们的心灵，普救寺之所以名扬天下，与古典文学名著《西厢记》里的爱情故事密切相关。王实甫杂剧《西厢记》是以普救寺为背景而进行的艺术创作，由于《西厢记》的广为流传，普救寺也随之走进更多人的视线中，剧以寺而生，寺因剧而名。

细雨霏霏中，我站在古寺广场，见一同心大锁，正面写着"愿天下有情人终成眷属"，背面书"永结同心"。这把锁，是爱情锁，有许多年轻人在这把大锁前互诉衷情。通往寺院的台阶若一串长长的音符，台阶两边的铁锁链上有许多各种各样的连心锁。这些连心锁，是相爱的男女表达爱情忠贞的信物。仰望寺院，但见红墙围绕，莺莺塔端坐中央，直插云霄，甚是壮观。进得山门，绿树丛中殿宇隐现，廊榭佛塔，依塬借势，逐级升高，给人以雄浑庄严、挺拔俊逸之感。

这里许多房屋的建筑和《西厢记》故事密切关联，使游人的兴致大增，张生借宿的"西轩"，莺莺一家寄宿的"梨花深院"，白马解围之后，张生移居的"书斋院"，都有扣人心弦的故事。然而，最吸引我的还是"梨花深院"。"待月西厢下，迎风户半开。隔墙花影动，疑是玉人来。"初入寺院，欣赏着照壁上的题诗，不由使人产生无限遐想，陷入张生与崔莺莺的爱情故事中。当初两人幽会的情景活灵活现地浮现在眼前。崔莺莺美丽、善良、温柔、含蓄，深受封建礼教的濡染，又有着对爱情生活的向往，她是一个具有时代叛逆精神的女性，为了追求理想的爱情，她抛却束缚，勇敢地与封建礼法进行抗争，这在当时实属可贵。莺莺对张生一见倾心，月下隔墙吟诗，大胆地对张生吐露心声，同时她也越来越不满于老夫人的约束，并迁怒于红娘的跟随，她对张生的爱纯洁透明，不含一丝杂质。

在张生越墙会莺莺的跳墙处，有一株摇曳的老杏树，我们伫立在树前，大家说笑着推测张生是如何越墙进入院内的。其实眼前的院墙本就不高，善解人意的杏树的枝条又搭在院墙上，这棵低矮的杏树，枝干粗壮，仿佛一架梯子，张生就是顺着这棵杏树轻松越墙进入院内的。

看罢"梨花深院"，出门向右，约百米处，便是张生借宿的"西轩"了，近前观看，房间并不宽敞，里面住着主仆二人，书童躬身研墨铺纸，张生提笔沉思作书。我近前观看张生的蜡像，为洛阳老乡的痴情而感动。其实，也难怪张生痴情，莺莺有着沉鱼落雁的美貌，连住持见到她都失魂落魄，居然将前面小和尚的头颅当作木鱼来敲，而孙飞虎为了崔莺莺更是不惜一切代价，甚至丢了性命。这么一个绝代佳人，谁见了不心动。这也难怪，从张生见到莺莺的第一眼，便被莺莺的美丽所吸引，他尾随借宿，只不过是为了更好地接近莺莺罢了，这是他借宿的真实用意。待到确认莺莺书信邀其见面于西厢房，张生更是欣喜不已，顺着杏树，爬上墙头，一跃而入梨花深院，竟全然不顾后果，由此可见他在西轩的真实用意。

千百年来，爱情是人生的永恒主题，而王实甫的《西厢记》则是一部冲破封建礼教束缚的宣言，在我国古代，多少痴男怨女的爱情被封建礼教所扼杀，但《西厢记》让人们耳目一新，精神为之一振。张生与崔莺莺相遇、相会、相恋的故事，可谓一波三折，但他们终于越过那堵礼教之墙，步入了幸福的婚姻殿堂。

一个古老的爱情故事，远比佛塔更接地气，这也许就是舍利塔更名为莺莺塔的原因了。

时光雕刻出的魏家坡

每个人的心中，都有一个对原乡故土寻根认知的符号，比如，那些躲藏在岁月深处愈加稀罕的古村落，对从小在农村生活过的人来说，就有一种极大的诱惑和久违的亲切感。在我国，古村落原本有许多，由于缺乏保护和不合理的开发，许多生动鲜活而富有内蕴的古村落，逐渐淡出人们的视野，即便偶然遇见，也多是在偏僻的一隅苟延残喘着。随处可见的，是表情呆板、面孔相近、缺少历史和文化内涵的钢筋混凝土结构的楼房。

对许多中国人来说，古村落渗透了一代又一代人的骨血情感，是衍生精神气质的源头，是粘连拼接着的儿时的记忆，是标记着原乡符号、充溢着淡淡乡愁的经年岁月。令人欣慰的是，在洛阳孟津就有一处名叫魏家坡的古村落，那一排排的瓦舍留住了旧时光，厚重着人们的思念，任由岁月如一条蜿蜒曲折的河流，从生命里静静流过，使到过这里的人们，心中无不泛起丝丝涟漪，一抹对原乡的感伤与依恋便会油然升起。

魏家坡又名卫坡，位于邙山腹地、洛阳市区北部。这里有豫西地区面积最大、保留最完整的清代古民居群，还有保存完整的天井窑院及大量古树名木。我们从王城大道驱车一路北上，到连霍高速西出口，再沿西北方向行数百米，便到了魏家坡村。在村口照壁旁，站立着一株老槐树，树干上挂着一个铁皮小牌，上面注明了树名和年龄。这棵树有400多年树龄，属国家二级保护古树，应该是魏氏家族刚迁徙到这里时种下的，它见证了魏家的荣辱与兴衰。

站在槐树下放眼村庄，满眼古色古香的房舍。沿着伸向村庄的一条小路，往村里行走数十步，便是被栅栏围拢的一个天井窑院，如果不是朋友引领，是不易被人发现的。我与朋友并排站立在围墙前，朋友指着这个深坑说，这是乾隆年间，魏氏第六代孙所建的窑洞，是个地下四合院，对着出口的一面是两层楼。坑的四壁由青砖砌成，总共有14孔窑洞，有楼梯可上二楼。窑洞，在邙山并不罕见，过去，邙山一带的穷人富人都挖窑洞，穷人的窑洞是挖土圈成，富人的窑洞则在此基础上砌了青砖，样子很排场。

离开天井窑院，顺着小街走进村里，在一条长约200米的石板路南北两侧，分立着一座座青砖灰瓦的庭院。房屋坐落在邙山的山凹间、沟坡上。此时的魏家坡，刚刚被清晨的阳光唤醒。一位老者坐在祠院门口晒暖，秋日的暖阳洒在他身上，堆满皱纹的脸上看上去分外慈祥。得知我们的来意后，他笑出一脸灿烂，让我们这些被生活长期压抑缺少欢笑的人，在这里获得一种愉悦和温暖。

我们应该是第一批来到魏家坡的游客。原本平静的魏家坡，因我们的到来，仿佛一潭清澈安谧的湖水，激起一波波涟漪，很快又复归平静。一条水泥路，把魏家坡分成南北两半，路南是七进院、路北为五进院，从外表看，这里的房屋与其他的房屋并无二致，进院才知道别有洞天。整个村子俨然就是一个大庭院，而且院内有院，院中套院，院院相同，院院相连。我们先来到一家庭院，该庭院进深五十余米，宽六七米，分前后三进院落，厅堂格局十分气派，其间又分出神路、主人路、仆人路，精美的木雕、砖雕、石雕亦是随处可见，充分显示出早年官宦私宅的端庄与大气。宅院青砖灰瓦，布局对称。据介绍，其余院落的结构布局大致也是如此，有的庭院至今还保留着太师椅、顶子床等古董家具，每个庭院都仿若一处自由自在的小天地，既拥有自己的偏门密道，又具备齐全的排水、防火、防盗功能，庭院与庭院之间又彼此相通，浑然一体。抚摸由青砖凝固了二百多年的房屋，感悟到光阴在房屋缝隙中的"不舍昼夜"，心中顿觉戚戚焉。眼前古民居的屋舍瓦楞上长满绿茸茸的青苔，发黑的梁柱、砖雕的犀头、脱落的墙壁和狭窄的街巷一起站立在历史深处，用幽寂而孤独的神情，讲述发生在这里的长长短短、各色各样的故事。这些古民居不像三晋大地上留下的富家大院连片成城，也不像徽南民居，借山水之秀，粉墙黛瓦，充满诗情画意。相比之下，魏家坡更像个小家碧玉，不显山不露水，牢牢地依附在厚重的邙山脚下。

那一扇扇早已皲裂的木板院门，因年代久远，显得斑驳而沧桑。轻轻推开，门枢发出吱咛吱咛的声响，这声音仿佛来自遥远的时空，让人有种莫名而又欣喜的归属感。抬头望那门楣廊檐，精美的木雕装饰随处可见，梅兰竹菊、海棠牡丹、龙凤呈祥、福禄寿禧，虽已历时百载，原色难觅，但依然可以看出主人当年的富庶与雅趣。

这里屋宇俨然，透出历史厚重的纹理，又仿佛是一个皱纹纵横、银丝飘飘的老者。据传，魏家坡在五代后周时，曾是宰相魏仁浦的后花园，洛阳牡丹有数千个品种，魏紫是牡丹中的名品，有花后之誉，是1000多年前在这个后花园里培植而成的。600年后，明朝大臣卫天禄，眼看大明江山倾覆，又不愿背叛南明主子效忠清朝，几经周折，最终选择在魏家坡隐居。虽然他选择了这里，但仍心有余悸，斯时，魏仁浦的后花园已不复存在，他一不做二不休，干脆将他的姓氏"卫"改为"魏"，变成了魏仁浦的后代，回归故里。

另据魏坡村流传的家谱文献记载，魏氏祖居山西阳城，明洪武年间避乱迁居河南济源，清顺治年间，魏氏第七世魏天禄由轵城镇迁至洛阳，遂成魏坡村的魏氏始祖。经过数代打拼，到清嘉庆年间，魏氏已家道殷实、人丁兴旺，有土地3万余亩，成为中州望族。他们置业建宅，安居乐业，为后人留下了至今保存完整的院落，共计300余间房屋的清代的建筑群。这些房屋多建于清乾隆、嘉庆、道光年间，它们经历了200余年的风雨沧桑，向世人感叹着世事无常。

在这里，仿佛时光倒流，感觉历史与现实离得很近。同时，更感觉到魏家坡的古朴与厚重，那一间间房舍、一棵棵古树以及斑驳的砖瓦、木雕等，都在默默为我们讲述着过去的故事。

乡下许多村落，村口大都有株槐树，魏坡村自然也不例外。这棵老槐树感悟着岁月的沧桑，又好像世间的喧哗都被它挡在了村外。

站在村口那棵古槐树下驻足回望，青砖灰瓦的古民居，虽历经数百年风雨，至今仍将悠悠历史清晰保留了下来，我不由得想起"建筑是立体的史诗，是不死的历史"这句话，似乎没有什么更好的形式，能比建筑的有形记载，更逼真、更可信、更生动地展示久远的故事。

岁月悠悠，在每一个褶皱里都有一个很长的故事，是时光雕刻出来的，它透着古雅，留住了乡愁，值得我们慢慢去品读。

二里头，最早的中国

历览人类古代文明的发祥地，大都位于河海之滨或河流交汇之地。埃及的尼罗河、印度的恒河，以及幼发拉底河和底格里斯河，都曾滋养过人类古老的文明，在公元前3500年前，两河流域诞生了世界上第一批真正的城市。黄河是中华民族的母亲河，它由西向东，古老而神奇。在浩浩荡荡奔腾不息的黄河岸边，活跃着我们先祖奔波忙碌的身影。黄帝部落与炎帝部落，是华夏诸族中最强有力的两个氏族，炎帝部落发祥于陕西岐山之东的姜水河畔，部落沿渭水东下进入河南东南部而达于山东；黄帝长于姬水之滨，由陕西北部率部达于河北涿鹿一带。进入山东的炎帝与蚩尤部族发生战争，战败的炎帝求助于黄帝，黄、炎两个部族结合起来，在涿鹿摆开了战场，同蚩尤厮杀。这一场"涿鹿之战"，刀光剑影，厮杀声声，黄、炎部落终于消灭了蚩尤。其实，这场战争是中华文明初始期，各地域、各支系文化的一次大碰撞、大融合，在古代没有信息传播媒介的情况下，迁徙争战，都是文化交融的手段。正是这场战争，使得黄河流域中下游的两种文化合二为一，甚至长江流域的良渚文化等也融进了中原文化之中，使中原文化成为中华早期文明的中心。可以说，黄帝、炎帝、蚩尤都应当是我们中华民族的人文始祖。

二里头位于黄河中游地区，伊、洛河泱泱东流，滋养着两岸肥沃的土地。这里气候适宜，雨水充足，草长莺飞，成了人们居住的首选地。然而，由于人们对洪水缺少有效的预防，暴戾的洪水经常像脱缰的野马一样，冲毁房屋，淹没良田，卷走人畜。于是，人们就推出一个叫鲧的头领，带领大家屯土筑堤，治理水患。鲧早出晚归，不辞辛苦地奋斗了九个寒暑，但他对洪水只知堵截而不知疏导,终因方法不当,壮志未酬就抱憾而去。随后率领大家治水的是鲧的儿子大禹。大禹在民间传说中是一条长着角和翅膀的龙,他在治理水患中比其父更敬业,也更有办法。他用其父盗取的黄帝神土,堵塞了水坝缺口,又在群山中开挖河道,疏通水路,让洪水通过河道流入大海。大禹"三过家门而不入"的故事,至今还感动着许多干事创业的人。经过13年的治理,大禹终于降伏了洪魔,人们安居乐业,对大禹治水的成就,赞不绝口。夏部落最后一位经原始社会推举而出的部落联盟领袖禹,开始向建立中国第一个世袭制朝代——夏王朝的历史进程前行。禹的威望颇高,这使禹成为事实上的各族首领。对那些阻碍夏族发展的势力,禹都举兵征伐,再也没有什么力量可以阻止他前进的步伐,从此,世袭制取代禅让制,阶级文明社会取代原始文明社会的钥匙,就握在了大禹的手中。

　　大禹治水13年,对华夏大地的地理分布、山川地形非常清楚。在建立政权以后,为了便于政治统治,他将天下分为九州,洛阳就属于当时的豫州。大禹将都城定在阳城(今河南登封),相距洛阳不过百里。所以洛阳也属于夏朝统治的中心。在夏朝的第三个帝王太康(启的儿子)统治时期,夏都城迁到了洛阳一带的斟鄩,关于这一点,史书里记载:"太康居斟鄩,羿亦居之,桀又居之。"斟鄩,据历史学家考证,就在今洛阳偃师市首阳山二里头村附近。然而几千年过去了,斟鄩故城早已埋入地下,成为人们难以寻觅的历史遗迹。由于长期以来缺乏考古资料的证明,不少人对此表示怀疑。直到1959年,中国科学院专家徐旭生率队来豫西做"夏墟"调查时,在首阳山二里头村南的一处高地上,发现了沉睡几千年的夏都斟鄩遗址。

　　人们称二里头为"最早的中国",是因为二里头是夏都遗址所在地。我们一行来到二里头遗址博物馆建设工地,听着专家的解读,不由得对这块土地生出几分敬畏之情。站在这片历史文化厚重的土地上,萧瑟的秋风吹动着我的衣襟,仿佛在向我诉说着这里久远的历史。

二里头遗址,东西长约 2 公里,南北宽约 1.5 公里,面积近 4 平方公里,主要宫殿遗址在其中部,一号宫殿基址东西长 108 米,南北宽 100 米,占地一万多平方米,它是一座面阔八间、进深三间的殿堂,殿堂对面是宫殿的大门。如果把这座宫殿复原的话,那一定是一座规模宏大、气势庄严的宫殿。考古发掘表明了二里头就是当时夏王朝的王城所在地,由此可以想象当时夏王朝的威严。宫殿四周回廊围列,南部为一庭院;二号宫殿基址面积四千平方米,有大殿、庭院、大门。二里头遗址的发掘与定位,化解了人们对夏朝争论不休的难题。在这里出土了大量陶、石、骨、蚌、铜、玉、漆器和铸铜陶范等精美文物,尤其是用于祭祀与宫廷礼仪的青铜酒器、乐器、武器的出土,更是印证早期王朝礼制传统的重要标志,构成了独具中国特色的青铜礼乐文明。1974 年出土于二里头文化遗址的乳钉纹青铜爵,距今至少有 3500 年的历史,它是中国迄今为止出土的最早的青铜容器。令人惊奇的是,像青铜爵这样年代久远,并且铸造工艺具有划时代意义的青铜器,在中国其他地方还没有发现过,只有在偃师二里头村才出土。专家说,这与二里头村在当时的地位有很大关系。这些众多的文明碎片,散落在二里头的遗址上,让历史鲜活灵动起来。这些发掘出来的文物,因年代久远而深埋地下,可它们永远不会消失,比如金子,就在沙石之中沉默着;比如星星,就藏在深邃的夜空中。沉睡在这块土地之下数千年的一件件实物的发现,让曾经在学界争论不休的夏代晚期都城,有了真实的依据,一幕幕历史话剧,在这片沃土上开始展演。

在二里头遗址中,还发现了大量梯形的石刀和弯月形的石镰、蚌镰等珍贵文物,这是当时的主要劳动工具。从这些农具中便可看出,那时的农业,已经脱离了原始状态。除了这些农具外,细心的考古学家还发现了技术含量更高的大口尊、瓮、大陶罐等大型容器,以及觚、盉等专用酒器。经过进一步发掘,这里还发现铜凿、铜锛、铜锥等青铜器及其冶铜、铸铜遗址。

尤其是象征王权尊严的青铜九鼎，自夏代开始，世代相传。据说，作为夏代第一个皇帝，大禹不仅在治水方面技高一筹，而且还身怀多种绝技。他制陶、打铁、规划土地等，无一不能。他还将这些知识记录在九个大鼎上，昭示后人。经考证，当时仅陶器的制作方法就有模制、轮制、手捏、泥条盘筑等多种。这么多手工作坊，该是一个何等壮阔的场面？需要多少个产业工匠？又该是一个多大的声势？

在二里头这座宫殿遗址上，有多处夯土台基。最大的一处呈正方形，边长达百米，占地15亩以上，台基上还留有墙基和排列成序的柱洞。这座由殿堂、庭院、廊庑、门楼组成的宫殿，在当时称得上一个宏伟的工程。从结构、布局到外观，不知花费了多少能工巧匠的心血，不知凝聚着多少劳动人民的智慧。只要你看上一眼，就不能不赞叹古代劳动人民的伟大创造力。这里有我国最早的城市干道网，最早的中轴线布局的宫殿建筑群，以及最早的与宗教祭祀有关的建筑群等。专家们研究后发现，二里头就是中国历史上第一个王朝夏朝晚期的都城遗址。中国社会科学院考古研究所所长陈星灿说："在这里，我们已初步探明了东亚大陆最早的核心都邑，勾画出公元前1800年至公元前1500年二里头都邑繁盛时期的大概样貌。"自1959年二里头遗址发现以来，考古工作者历经半个多世纪的艰辛探索，在这里发现了中国最早的城市主干道网、中国最早的双轮车辙、中国最早的二里头宫城，以及中国最早的青铜器和绿松石器制造作坊，还首次在宫殿区发现了成组贵族墓及随葬的绿松石龙形器。所有这些物件，仿佛在向世人诉说着历史，诉说着千古帝都的兴废盛衰，诉说着灿若星辰的河洛文明。

"中国历史悠久、战乱频繁、苦难太深，没有哪一种纯粹的遗迹能够长久地保存，除非躲在地下，躲进坟里，躲在不为常人注意的秘处。"行文至此，我猛然想起文化名人余秋雨在《莫高窟》中的这段话。其实，二里头何尝不是如此。它也是"躲在不为常人注意的秘处"的遗迹。在这里，我仿佛看到数千年前那些能工巧匠们繁忙的劳作，看到了夏都的王者霸气，感悟到夏都斟鄩活着的生命，见证了中华悠久的历史和厚重的文化。历经3000多年的夏朝都城斟鄩，虽然往昔的楼阁殿阙早已崩塌，笙歌燕舞也早已化为云烟，夏都昔日的繁华也早已被埋进废墟。然而，那一件件被发掘的实物，仍散发着柔润晶莹的光泽，它穿透几千年的风尘，依然闪烁着璀璨的光芒。

回眸汉魏故城

深秋，一轮壮美落日映照下的汉魏故城，越发显出透彻的沧桑和神秘，一种苍凉之感涌上心头。立于城墙之上，秋风飒飒，掀起了历史的书页。这从遥远东汉刮来的风，仿佛穿越幽深的历史隧道，纵横十多个世纪，如今却像一位经历了沧桑的老者，向人们讲述着千余年来血与火的悲壮记忆。

这座名城是历史的馈赠，它赐予人们一双穿透岁月的眼睛，让我们看到那些历经风雨狼烟依然深留的痕迹。宽阔的古城垣、高大的灵台遗址、壮观的永宁寺塔基……昔日的帝都气派，在这里仍依稀可见。据史书记载，早在西周时期，这里就已经涌现出一座规模宏大的城，"武王营周居洛邑而后去"，至此竖起了巍巍的城墙和堞垛，作为抵御外侮的堡垒和屏障。而后，东汉、曹魏、西晋、北魏四个朝代在这里轮番登场。自东汉后的几个朝代，皆是在原有基础上加固和改建。由此看来，这道城墙，至北魏亡国，已有1600年的历史了。

作为我国最大的古代都城遗址，曾经的宏大城阙、巍峨宫殿如今早已化为烟云。"黯淡了刀光剑影，远去了鼓角铮鸣"，站在古城墙千年的凝望里，抚摸着剥落的土墙，仿佛抚摸着一段段鲜活的历史。多少事件在记忆里浮现，多少面孔定格眼前，多少往事穿越千年，依然历历在目……蜿蜒残破的城墙是历史的守望者，仿佛在诉说着千年跌宕起伏的岁月……作为东周、东汉、曹魏、西晋、北魏的国都，它延续了近600年，是中国沿用时间最长的都城，历经千年风吹雨打，仍掩不住昔日的繁华与气派。

在历史的漫漫长河中，仅就都城史而言，汉魏洛阳故城近600年间居于全国政治、经济和文化的中心，浓缩了中国历史的精华。刘秀一统天下在这里定都，北魏孝文帝迁都于此推行改革，一代代风流人物在这里叱咤

第五辑 诗意邂逅

风云，一幅幅历史画卷在这里展开。杰出的文字学家许慎在这里撰写出我国第一部字典《说文解字》，历史学家班固在这里完成了我国第一部纪传体断代史巨著《汉书》，思想家王充在这里著的《论衡》是一部闪耀着朴素唯物主义思想光辉的杰作，伟大的科学家张衡在这里创制"妙尽玄机之正"的浑天仪和精巧绝伦的地动仪，蔡伦在此创制"蔡侯纸"，神医华佗在此治病救人，投笔从戎的班超从这里奉旨出使西域，建安七子、三曹、竹林七贤、金谷二十四友……97位古代帝王的诏令，从这里传向四面八方，实现着他们文治武功的梦想。历代科学泰斗、学术流派、鸿生巨儒、翰墨精英，更是光照史册、灿若繁星。而影响最为深远的，还是改进了造纸术的蔡伦。他的这一发明对于人类文化传播的革命是空前的。在一本美国人写的《影响人类历史进程的100名人》中，蔡伦排在第七位。有人认为，植物纤维纸的出现，使中国卸下竹简的重负，加快了文明进程，因此得以在全世界领先千年。

这座千古名城，怎能不让人肃然起敬，感怀万千！繁华落尽，却洗不掉曾经属于这里的辉煌。

汉魏故城与欧洲的古罗马城遥遥相对，分别为东西方文明的中心。在汉魏洛阳故城平面图上，大市、小市、四通市等商业区所占的面积让后人可以看出当时的洛阳是何等发达。从西域到洛阳的商人骤增，他们往返于西域和洛阳之间，不断地将西域的物品带到洛阳进行交易，又不断地将交换来的商品从洛阳带回西域，于是此地便成为丝路的东方起点。在那数百年间，这里各种人才灿若繁星，智慧之花自由绽放，众多文明成果流播四方。

这座城也是文化之都，儒学、佛学、玄学在此兴起，也在此达到鼎盛。古文经学、今文经学在城中竞相发展，确立了儒学在中国的主流地位；"越名教而任自然"的玄学勃然而兴，成为中国文化史上一道独特的风景；佛教则从这里进入中国，由于皇帝的重视，佛教在中国获得高起点，迅速步入坦途。

在这座城里，还完成了两次统一全中国的壮举，并且酝酿了另一次统

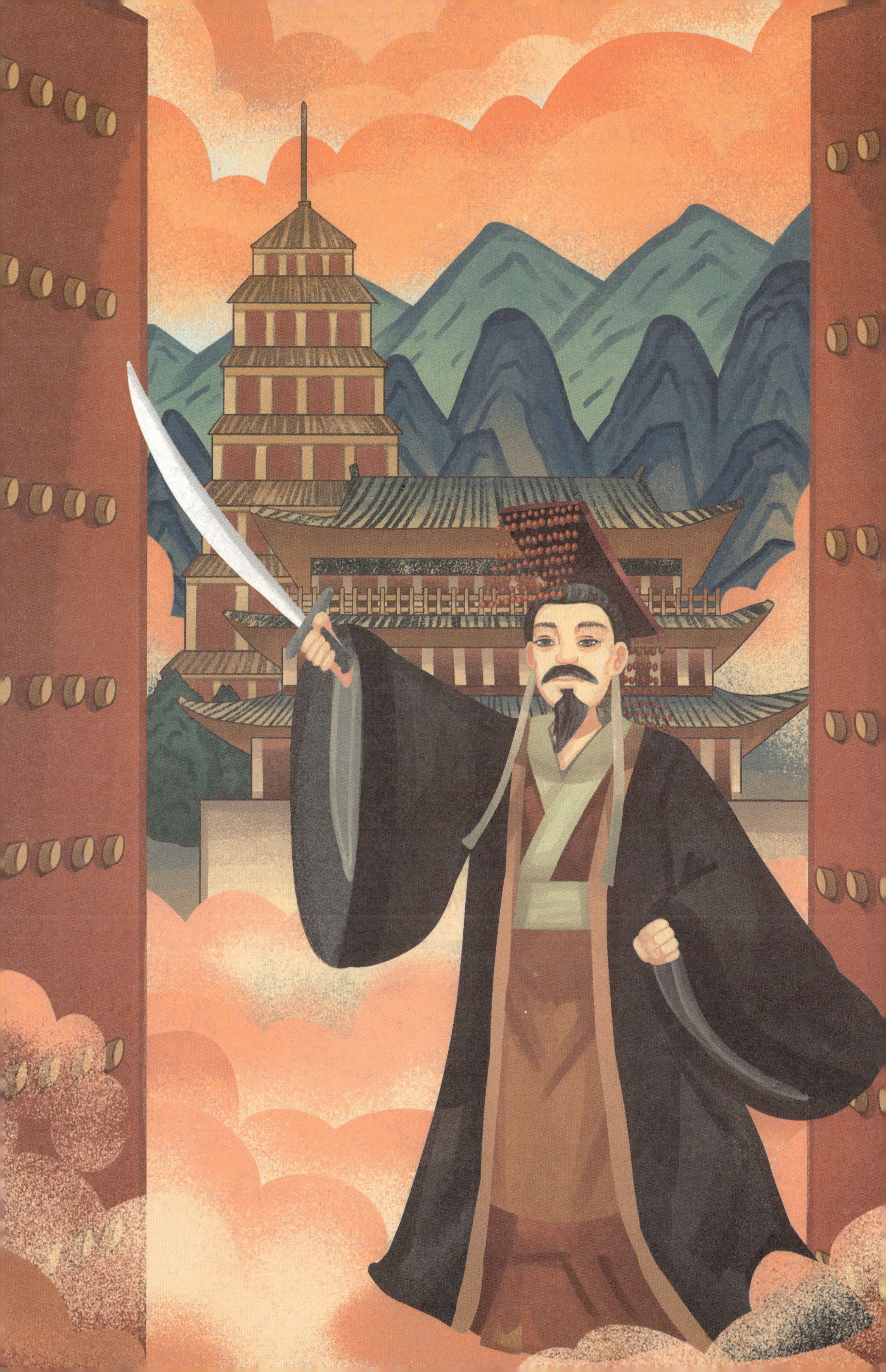

一。刘秀坐镇城中，运筹帷幄，克定天下；司马氏坐镇城中，一统三国，建立西晋。而北魏孝文帝在城中主导的民族大融合之旅，为后来的隋唐一统奠定了根基。

这片跌宕起伏的土地在起起落落间，造就了太学、灵台、白马寺、永宁寺、龙门、少林寺等一个个响亮的名字，成就了一段永恒的辉煌。方圆100公里的土地上，我们首先看到的是千年以前的东汉太学。作为我国古代传授儒学经典的最高学府，太学除了让读书人梦寐以求外，各朝天子也总不忘到此"充电"。那场景、气势，怎能不让读书人对太学梦寐以求？太学是东汉魏晋时代的国立大学，在校学生最多时达10万余人。

距今已有1900多年历史的东汉灵台遗址，创建于光武帝建武中元元年（公元56年），是当时最大的国家天文台，曹魏、西晋相继使用。灵台遗址范围达4万多平方米，中心建筑是一座方形夯土高台，东西残宽31米，南北残长41米，残高8余米。东汉杰出科学家张衡（公元78—139年），曾先后两次任太史令，领导、主持和参与了灵台的天意观测和天文研究。作为当时全国最大的国家天文台，灵台延续使用长达400年之久。东汉时设计制造的浑天仪、地动仪，当时也都安放在这里。

白马寺是佛教传入中国后所营建的第一座官办寺院，有着"祖庭"和"释源"之称。它创建于东汉，与汉魏洛阳故城有着不解之缘，其后多次重建，明嘉靖三十四年（公元1555年）黄锦主持重修白马寺，奠定了今日白马寺的规模和布局。白马寺内，宝塔高耸，殿阁峥嵘，柏树森森，红墙隐隐，天南地北的游人虔诚地跪拜在千年古寺前，渴求一世平安。看那专注的神情，一定不知另一座精美绝伦的皇家寺院早已掩埋在历史的风尘中。那就是永宁寺，一场大火使它化为灰烬，也许是寺的华丽，也许是它"心有不甘"，传说大火竟烧了3个多月，这寺才恋恋不舍地走出人们的视线。资料记载，永宁寺门比今日的白马寺还要大三分之二。

在当时洛阳城内外的1000多所寺院中，永宁寺是规模最大、建筑最豪华的一座，它是皇权的象征。当时的洛阳城内，王公贵族掀起了一场争相礼佛的狂潮，达官贵人、普通百姓，无不尽着自己的能力表达对佛祖的虔诚，更别说控制着国家实权的灵太后了。为了显示自己地位的尊贵、权力的显赫，她亲自在宫城前门选址建塔。开工当日，灵太后亲率群臣"表基立刻"，以显示对永宁寺创建的重视。遗憾的是，现在能看到的只是永宁寺塔基的发掘地和一张永宁寺木塔的复原图。

在这里，我怀着一颗朝圣的心，去触摸历史留下的印痕，在一个个看似平常无奇的遗迹背后，又有多少人能读懂深埋于岁月底层的时代风云？

东汉王朝使洛阳兴盛了将近200年后，繁华的宫阙最终毁于董卓的一场叛乱。在今汉魏洛阳故城内城西北角，有一个金墉城遗址，它的修建者是曹魏时期的明帝曹叡，目的是满足军事防御的需要。可他万万没想到，这个军事堡垒不是被敌人从外部攻破的，而是"祸起于萧墙之内"，成了他的继任者曹芳的囚牢。魏咸熙末年，魏主曹奂被迫"禅位"司马炎，连同"魏故宫人"也迁至金墉城。"司马昭之心，路人皆知"，因一句成语而广为人知的司马昭没能登上皇帝宝座，但其子司马炎却使司马家族走上了权力的顶峰。公元265年，司马炎在洛阳自立为王，是谓西晋。

西晋国都洛阳，财富、人口非常集中，商品货币经济也极为发达，"八王之乱，骨肉相残"，致使洛阳"残生残灭，百不遗一"。然而，最使人痛心的还是董卓的那把火，他烧掉了东汉苦心经营了近200年的帝都。一个繁花似锦的洛阳城，就这样被一场人为的大火烧毁了。

又是一个将近200年的时间，一个鲜卑族皇帝看上了这块孕育着伟大的土地，千里迢迢将都城迁到洛阳。这位性急的皇帝一落脚，就开始着手恢复洛阳城旧有的繁荣，并将城市规划完善得更加合理。一度衰败废弃的洛阳重新繁荣起来。公元501年，宣武帝筑坊323间，明确形成了"外郭城"，原汉晋城圈则成了内城。规模比汉晋洛阳城大得多的北魏洛阳城，建制有如棋盘式的里坊……北魏洛阳城的这一新变化，后为隋唐长安城、洛阳城所仿效，成为我国城市建筑史上一个重要的新内容。

只是到了北魏末年，战乱频发。300年锦绣皇都，从此竟渐渐化为一片废墟。步入故城南墙偏西的北魏宫城遗址，走在鹅卵石的地面上，欣赏着迄今发掘出的最早的宫城门阙，我仿佛看到北魏时期帝王登基、四方朝贺的盛大场面。而"太平门"，就是北魏时期宫城的正门。南面的铜驼街，是当时世界上最热闹的大街，如今却繁华不再，分外冷清。

"若问古今兴废事，请君只看洛阳城"，这是饱读史书的司马光路过汉魏故城时，面对这座城市的兴衰、朝代的更迭发出的感慨。青山依旧在，几度夕阳红，古今多少事，都付笑谈中。今天，我以一个苍茫历史过客的身份感悟这汉魏故城曾经的辉煌，在残存的轮廓中窥探、守望。汉魏故城经历了文治武功、富贵荣耀、攻战杀伐、宫廷密谋，最后"城郭崩毁，宫室倾覆，寺观灰烬，庙塔丘墟，墙披蒿艾，巷罗荆棘"。

一声风笛，从不远处的陇海铁道上传来，唤醒了我的深思，回眸汉魏故城，我再次走进漫漫历史长河，沐浴古代文明的灿然光辉。

洛浦春色

几缕阳光，带着春天独有的暖意，照射在屋内，洒下一地温润光影。"好雨知时节，当春乃发生。随风潜入夜，润物细无声。"若不是打开窗子，看到被春雨打湿的路面，竟不知昨夜春雨的光顾。

春去春又回，是一场不变的约定。谁愿辜负这大好春光呢！乘着习习春风，我来到洛浦公园，来到这满眼滴翠的春色里。春的气息在不知不觉中氤氲着、绵延着，眼前一树树嫩绿的柳丝，让我想起"不知细叶谁裁出，二月春风似剪刀"的生动和"吹面不寒杨柳风"的温柔。那久违的暖阳，毫不吝惜地将光芒洒向大地，让人们感知春天的温度。春江水暖，眼前静静流淌的洛河，河面比冬天要宽出许多，它自西向东不舍昼夜，滔滔不息地奔流，承载着厚重的历史和文化，像是一幅赏心悦目的水墨画。行走在浓浓的春意里，烦恼顿消，一种少有的愉悦在心中萌发。这里有许多游人，有的在悠闲地打着太极，有的在河边漫步，有的在放风筝，有的坐在长椅上小憩，这一幅温馨祥和的画卷，被我收藏进心里。

放眼洛河两岸，高楼林立、绿带环绕，阳光洒向河面，那粼粼的波光，丰富着我的想象。

和煦的春风最善解人意，它浸透了我的肺腑，一波一波轻轻擦拭着我的肌肤，像被孩子的小手抚摸般舒适。"逢春不游乐，但恐是痴人。"这一刻，我感悟着岁月的静好，让花香浸染心灵，任身心在柔软温暖的花香中陶醉。春光从摆动的柳丝间滑落，小鸟叽叽喳喳叫个不停。各色各样的花草树木，像脱去了冬装的少年，身姿显得格外舒展。草叶上，一颗颗水珠，在阳光照射下显得晶莹剔透，而大些的水珠滚圆滚圆的，它们小心翼翼依附在娇嫩的花蕊上或树叶上，生怕一不小心就会被抛弃。一丝微风吹过，有的水珠随着叶子轻轻摆动，也有的被风吹落在泥土里，去追逐更悠远的梦。在风中，嫩绿的小草绿茵茵地连成一片，分享着严冬过后的喜悦。

　　这里也是鸟儿的乐园，百听不厌的是鸟儿的歌唱。各种鸟儿在这里都表现得异常活泼，它们无忧无虑，有的在枝叶间嬉戏，有的交颈私语。不同种类的鸟儿，其叫声也是不一样的，有的粗犷，有的温柔，各种不同的声音组合在一起，汇成了大自然的合唱。在这里，灰色的麻雀是最常见的，它们在眼前矮矮的树枝间轻捷地穿梭着。而小燕子也兴奋地站在高高的枝头上，用它特有的声音，表达着对春天的热爱。更有一些叫不上名的鸟儿，也纷纷赶过来为春天欢呼、歌唱。这一个个欢乐的音符，在微风中飘荡。放眼望去，洛河东流，花红草绿，好一幅鸟语花香的闹春景象。

　　各色的草木郁郁葱葱，嫩绿、青绿、深绿混合在一起。花朵们在春风里竞相绽放着，这些鲜花牵引着人们的嗅觉和视觉。我的脚步也被这些美丽的花朵左右着，在不同的花朵前，我时而放慢脚步，时而驻足观赏，用眼睛欣赏每一朵花的绽放，用鼻子去捕捉每一缕花的飘香，并将这些美好一一收纳心中。其实，许多花和植物，单从它的名字，就可以想象出它的色彩、形状和味道，玉兰、桃花、杏花、牡丹……看到这些名字，便会想象出它的形态，这让我对那些为花儿命名的人更加钦佩了，他们才是真正知花、懂花的人。花草的心态是平和的，无论它们在严寒与霜冻中经过怎样难挨的岁月，只要春风一声呼唤，都会争先恐后地盛开，它们没有辜负春天，也没有辜负人们的期待。

　　蜜蜂们扇动着透明的小翅膀，一刻不停地寻找着它们最喜欢的花朵，哪朵花开得最艳丽、最芬芳，它们就会在哪朵花蕊上多停留一会儿，它们与花朵有种与生俱来的爱恋。

　　蓦然想起汉乐府《长歌行》中"阳春布德泽，万物生光辉"这句诗来。春光洒满大地，万物焕发出勃勃生机，让我们珍惜人生大好春光，用勤劳和智慧，努力开启美好的明天！

赛里木湖

如此明净，如此清澈，宛如一面偌大的明镜。望着你绝世的端庄和美丽，我被你奇绝迥异的境界惊呆了。

赛里木湖，你的纯净是与生俱来的，你的美丽是浑然天成的。在阳光与沙漠之间，你选择了阳光；在现实与梦想之间，你选择了梦想；在荒凉与美丽之间，你选择了美丽。

当我走近你时，我的脚步有些迟疑。我不愿贸然、仓促地去叩访你的纯洁与神奇，我怕一步到位的轻易，会让我失去一个隽永的审美过程。对于心灵上觉得圣洁的东西，人们首先想到的往往不是占有，而是从各种角度去欣赏它、品味它，赛里木湖对我而言就是这样一个地方。赛里木湖！从风尘和世俗中走来的我，实在太混浊、太不洁净了，以至于我不敢轻易抬步，生怕一不小心玷污了你，玷污了你的纯贞；我把脚步放得轻轻，放得轻轻，生怕因大意惊吓了你，惊吓了你的美丽；我竭力让自己怦然跳动的心保持平静，极怕一时疏忽惊扰了你，惊扰了你圣洁的幽梦……我静静伫立着、凝视着，让蓝蓝的天空投入内心，让更多的蔚蓝走进内心，把自私、狭隘、贪婪、世俗以及人世间的一切污浊，统统从生存的空间一股脑儿挤得光光。

走进赛里木湖的过程，其实，就是我打扫心灵的过程。

久违了，赛里木湖！你以碧水茫茫的明净展现在我的面前，给我的心灵多么大的震撼！

站在一望无际的湖岸，我看到了你的博大与深邃、淡泊与宁静。不经意间，远方吹来一阵和风，和风吹拂了湖面，平静的湖面出现了一道道气势恢宏的五线谱，出现了一曲曲动人的乐章，这和风也拂入了心田，一种让人豁然开朗的天籁之音，蓦然间令人浑身震颤，迷醉的心连同我自己，在震颤温馨中整个儿地全被羽化，没了踪影。

自然风光奇绝的赛里木湖，令无数游人痴迷的赛里木湖！古时贯穿东西方的"丝绸之路"从这里通过；千百年间，有多少商贾在这里露宿；有多少动人心魄的故事在这里流传。没有舟楫，没有樯帆，没有一丝人工痕迹，这神奇的湖，这仙境般的湖，宛如一颗透明的蓝宝石，带我走入了一个美丽的梦境。

哦，赛里木湖！你被群山环抱着，那倒映的雪峰、参天的石松、水草丰美的原野，以及原野上洁白的羊群，一幅多么令人痴迷的画面呀！你使我读懂了什么是如诗如画！你使我明白了什么是诗情画意！你使我认识了什么叫作仙境！你以翡翠般的色泽和纤尘不染的明净，使我体验到了一种圣洁，在你面前，我这颗被你洗礼的心，满是信徒的真情，还有膜拜时的虔诚。在这里，一种纯净的超然，使自然和人生融为一体，我心中凝结着一种只可意会不可言传的感动。

归路漫漫，朋友又一次催我返程，百般无奈中，我极不情愿地挪动脚步，可我竟不能自如地扭转头去。我只能侧着身子，直直地看定了你，向后倒退着、倒退着，我不忍心让你从我的视野里突然消失，我真的害怕这惜别的过程。

其实，惜别只是一种形式，外在的形式往往永远地屈从于震颤过的心灵。心灵已镌刻了你的惊世绝伦，我永远铭记着的，是你那一望无际的美丽、明净和圣洁。

赛里木湖，我心中的女神！

虽非过客，花是主人

　　一所院落，就是一座历史文化的宝库。自西晋以来，藏有历代墓志刻石 2000 余方，镶嵌在 15 孔窑洞、3 个天井和 1 条走廊的内外墙壁、柱子上，其中唐人墓志多达 1700 余方，占我国出土唐志总数的三分之一以上，内容涉及政治、经济、军事、社会风俗、典章制度等，是不可再生的历史文化资源，是广大金石学家、历史学家以及书家向往的殿堂。

　　著名爱国人士、辛亥革命元老张钫先生酷爱金石，还与于右任、章太炎、康有为、张广庆等人交往甚密。在他们的影响下，1931 年，他托人在洛阳各地广泛收罗历代墓志铭及书画石刻。他与于右任商定，凡"魏志"皆归于氏，而"唐志"皆属张门。之后，于右任将"魏志"集中于陕西三原，而"唐志"则由张钫运至家乡园中，辟地建斋，将收集的墓志铭镶嵌其上。"千唐志斋"由国学大师章太炎亲笔题额，并附有跋语云："新安张伯英得唐人墓志千片，因以名斋，嘱章炳麟书之。"此乃斋名之由来。

　　千唐志斋是我国唯一的墓志博物馆，也是金石碑刻和书法艺术的宝库。映着大门，有座被藤蔓"包围"的石屋，这是张钫先生的书房，名曰"听香读画之室"。它于 1918 年建成，已历经百年风雨。"谁非过客""花是主人"，八个古拙的大字，分别镌刻在书屋正面的墙体左右，吸引着人们玩味着其中的奥秘哲思。房门紧闭，透过窗子，但见屋内桌子上摆放着笔墨，几把椅子、一张茶几临墙依次排开……张钫先生当年，就是在这里谈笑鸿儒、读书泼墨染春秋的吧！

　　行走于一方方碑刻间，如同穿行在历史的巷道中。这里，记载着朝代的更替，记载着个人的兴衰，一个字一个字地叠加，却是一个时代乃至一个人的缩影。在这里，无论人与人之间的地位有多么大的差距，无论风光或坎坷，一方青石成了最终功过评说的承载。千唐志斋所藏唐人墓志自初唐的武德、贞观年起，到后唐的天复、天祐年止，300年之年号，无不尽备，这些墓志记载了唐人形形色色的社会活动，为研究唐代的文治武功提供了难得的实物资料，同时，也增加了古代文化的分量。这2000多块碑志，每一块碑志都是一个逝去的梦，其背后都有一个鲜活的故事，这故事虽历经千年，却仿佛又在眼前。

　　石碑上，在凸凹的字里行间，我仿佛触摸到了先人的风骨和血脉，触摸到了唐代社会发展的形态，触摸到了古代文化与文明的底蕴和走向。于是那些王公贵族、士卿大夫、男男女女，他们的荣荣辱辱、功过是非，以及历代书画大家董其昌、郑板桥、米芾、刘墉、王铎、康有为、章太炎……这一个个让我仰慕且尊崇的名字，被我一一收入眼中。品读这些碑刻，就像与这些大师们握手、交谈，让人有种难以言表的荣幸。上千年的历史，浩浩荡荡如大江汹涌，如飞瀑流泉，而此刻，仿佛一下子都涌到了我的面前。

　　我触摸到郑板桥的那支笔了，翠竹在他的笔端摇曳生姿，在石碑上栉风沐雨，舒展百年而不凋零；而王铎那支巨大的狼毫，直而有力，正而有骨，在纸上奔走，如枯藤缠绕老树，如虬龙腾云驾雾，一撇一捺尽显风流……

　　谁非过客，花是主人。短短几个时辰，我恍然穿越了千年光阴。石刻冰冷无语，但由它所承载的史料信息，却如星空浩瀚。这些中国古人为后人留下的宝贵遗产，无论是墓志、绘画还是楹联，都在无声却有形地陶冶着来来往往过客的心灵。

跨越时空的传奇

公元219年冬，孙权偷袭荆州，关羽败走麦城，后来，被孙权部将潘璋杀于江陵。孙权畏祸，连夜派人将关羽的首级送给当时在洛阳的曹操。雄才大略的曹操，一眼便识破了孙权的阴谋，他敬慕关羽的为人，便将计就计追赠关羽为荆王，刻沉香木为躯，与关羽首级合为一体，以王侯之礼，将关羽厚葬于洛阳城南。

草长草枯，花谢花开，随着时间的流逝，几多帝王归于黄土，几多美梦化为轻烟。而一个王侯的坟墓，往往更容易被人遗忘。然而，关羽，却成为跨越时空的传奇。一千多年来，不论是王朝更迭，还是不同的民族君临中原，几乎所有的帝王，无不对他顶礼膜拜，争相敕封。据统计，历史上有16位皇帝23次为他御旨加封。关羽生前地位并不显赫，死后可谓荣宠非凡，光耀千古。汉代时，关林被称为"关侯冢"，到了宋代，被称为"关王冢"，明代时，改名为"关帝陵"，清康熙五年（1666年）又将"关帝陵"敕封为"忠义神武关圣大帝林"，简称"关林"，一直沿袭至今。这一封号，可谓前无古人，达到了无以复加的地步，盖过了历代各朝所有皇帝对关羽的褒封。

"林"是古代墓葬的最高称谓，只有圣人的陵墓才称作林，而洛阳"关林"，是国内唯一集冢、庙、林三祀合一的古代经典建筑，被列为三大关庙之一。在中国，以圣人称林的墓地只有两处，一处是曲阜的孔林，另一处便是洛阳的关林。一个是文圣人，一个是武圣人，都是人们顶礼膜拜的精神偶像。

"有朋自远方来，不亦说乎。"在游览了龙门、白马寺后，我们又一同来到了关林。

在关林南门外广场，东西两座石牌坊肃然相对，这里红墙碧瓦相映，参天大树林立，还没有走进关林庙门，便看到跪拜的香客和一缕缕缭绕的香火。

关林的建筑规范而大气。大门上额匾书曰："关林"。朱红色的大门两侧，雄踞着两个威武雄壮的铁狮，中间大门上，镶嵌着九横九纵81颗金色乳钉，与皇宫大院相比肩，体现了关羽的身后荣耀，这是封建社会等级制度最高品级的标志。大门东西两边为八字墙，分别篆写"忠义""仁勇"4个大字，概括了关羽忠君、义友、仁爱、勇武的一生。

缓步穿过古柏森森的庭院，映入眼帘的是一座大门，也称仪门。此门建于明万历年间，原为明代关帝庙大门，清代改称仪门，取"有仪可象"之意，在等级森严的封建社会，这里是文官到此下轿，武官到此下马的场所。门额上的"威扬六合"匾，为慈禧皇太后的御笔。国难思良才，当时，她正被八国联军追得到处逃难，在返回北京路过这里时，题写了这样的匾额，她当时的心情想必是极为复杂的，在国难当头的时刻，她多么需要像关公这样忠义仁勇、为国分忧的忠勇良将。

由仪门到大殿，是条长35米、宽4米的甬道，仔细观察两边石栏与望柱上，百余个雕工精湛的石狮，百狮百态，惟妙惟肖。被人们誉为"洛阳小卢沟"。据碑文记载，该甬道重修于明万历四十七年（1619年），依宫殿式样修建。石狮御道是皇帝或朝廷遣官致祭时的专用步道，因御道甬柱、栏板多为信众捐资修建，其上多雕刻铜钱纹饰，寓意四方来财，民间又称之为"生财之道"。

大殿前方，是一个硕大的香炉，远远地，望见炉内香火旺盛，大殿前，高大的古柏直插云天。也许是因为关帝君的荣光照拂，关林的800余棵古柏，浸染了许多天地时空的灵气。"关林翠柏"是洛阳"八小景"之一，古柏千章，四季葱茏，每逢大雨急住，天色放晴之时，周围雾气似袅袅云烟，如梦似幻的奇景，令人拍案叫绝。这一棵棵参天古柏，棵棵挺拔昂首，有的浑身挂满了斑斑龙鳞，而枝头却吐露着青青的翠绿。

在关羽寝殿前，人们围在一棵高大的柏树前，不少游客正在听导游讲解。这棵与众不同的柏树，从枝到叶全旋转着生长，密密的树纹扭着许多圈儿，被人们形象地誉为"旋生柏"；右边是一棵三大主枝挺拔站立的柏树，让我不由得想起刘备、关羽、张飞桃园结义的故事。这些古柏有的舒展身姿，低眉浅唱；有的浓荫如盖，风骨遒劲；还有的则像披甲的卫兵，不卑不亢，昂首挺胸……一棵棵古柏，其色，苍翠；其势，参天；其行，多变；其韵，威严。此刻，恰逢雨后天气，艳阳复出，柏树林里，地气蒸腾，云烟弥漫，使人仿若置身仙境。

随熙熙攘攘的人流，我们走进大厅，见厅内正中一尊关羽铜像栩栩如生，面如重枣，丹凤眼，卧蚕眉，两旁分立着关平、周仓、王甫、廖化的塑像。大厅两侧，一边是关羽秉烛夜读《春秋》的塑像，一边是一尊关羽卧像。其中最大的一尊关公塑像，是由一段整木雕刻而成，数百年不腐不朽，据说这是我国现存明代时期最大的木雕。

沿着大厅后面浓荫覆盖的小路，我们来到关林的最深处。这里也是安葬关羽头颅的陵墓，墓前有一凉亭，四周古柏参天，碑刻林立，石碑经过常年的风吹、日晒、雨淋，看上去显得沧桑、古旧，有的碑刻上出现了较大的裂隙，有的字迹斑驳，模糊难辨，还有的文字已经脱落，其中最高大的一块碑刻，为康熙皇帝亲笔手书。

一块块石碑上的诗文，记录着关羽的功名，像一个个忠诚的卫士，矢志不移地拱卫着陵墓。川流不息的人们，在关公陵前驻足、膜拜、沉思、凭吊，我的思绪，穿越到了烽火不休、狼烟四起的"三国"，脑海里，浮现出一幕幕刀光剑影、鼓角争鸣的历史场景……

关羽的一生，以侠义、骁勇、忠义见称。不论是诛文丑、斩颜良、过五关斩六将，还是单刀赴会、刮骨疗毒，都表现出他的勇猛刚毅。无论是小说、戏剧、影视，都把他作为英雄的典范来称颂。历代统治者出于政治需要，更是把关羽奉为神灵，尊为武圣。随着历史的推移，与关羽同一时代的那些叱咤风云的三国英雄，早已只存活在历史的典籍中，独有关羽，既活在庙堂，也活在人们的心里，成为与文圣人孔子相比肩的武圣人，被当成令人仰止的道德人格高峰。关羽，在典籍里演绎，祠堂里膜拜，乃至请到家里、店里、厅堂里日日敬奉，赢得了一代代帝王的追寻，众多百姓的膜拜。就这样侯而王、王而帝、帝而圣、圣而天，被捧为了"圣人"。

帝王将相敬重关公，是由于其忠。他效忠刘备，矢志不移，"身在曹营心在汉"，堪称疾风知劲草，国难见忠心的典范。他为了追随刘备，经历了种种艰难险阻和功名、利禄、金钱、美色的诱惑，没有一丝的沉沦和心动。关公还极富感恩之心，投桃报李，有恩必报。他虽然没有投奔曹操的心思，却对曹操的知遇之恩心存感激。《三国志》作者陈寿说他义效曹操，有国士之风。罗贯中更是对他辞别曹操的一些细节描写得生动感人。

关羽，作为一种精神，被一代代传承下来，且成为规范人生的尺度，在千百年中被发扬光大，他的形象是跨越时空的，绝不是一代帝王，几个英雄所能包含了的。

到这里来朝圣的人，大都怀着不同的心态，他们是在朝拜一种忠义仁勇的精神，朝拜一种诚信和道德的典范。一个人要建立功名很难，而让人心悦诚服，超越时空，活在人们的心中，更是难上加难。关羽的不朽，不在功名，不在霸业，而在于他的道德情操。随着时间的流逝，江山的更移，关公个人的缺点，以及他大意失荆州，使蜀汉基业受损的过失，渐渐为世人所原谅，而他对友之诚，对君之忠，对下属之义，千百年来，却赢得了世人的广泛称道和赞许。